Knaur

Über Oliver Kuhn und Daniel Wiechmann:

Schriftsteller sitzen in abgedunkelten Räumen am geschlossenen Fenster und hacken leise brabbelnd in die Schreibmaschine. Bereits als kleine Kinder dichten sie ihren Müttern beseelte Verse zum Geburtstag, später gelten sie als einfühlsame Autoren von Poesiealbum-Einträgen. Wenn sie ein Buch fertig geschrieben haben, gehen sie auf Lesereise, wo schüchterne Germanistik-Studentinnen sie anhimmeln. Nach mehrstündigem Diskurs über die Kraft des Wortes werden sie in einer Esoterik-Buchhandlung in Oer-Erkenschwick von Akademikerinnen verführt. Schließlich erwarten sie ihre Söhne Parsifal und Gottfried, denen sie eine humanistische Erziehung angedeihen lassen wollen.

Über den Illustrator:

Steffen Haas jammert und lamentiert den ganzen lieben langen Tag, er könne seinen Federkasten nicht finden, dann schmiert er schnell was hin und muss sich vor Begeisterung den Rest das Tages betrinken.

Oliver Kuhn
Daniel Wiechmann

MEIN *SCHWULER* FRISEUR

oder wie Sie sich mit 2222 Vorurteilen über Ihre Mitmenschen lustig machen

Mit 45 Illustrationen von Steffen Haas

Knaur

Besuchen Sie uns im Internet:
www.droemer-weltbild.de

Originalausgabe 2000

Umschlaggestaltung: ZERO Werbeagentur, München
Umschlagabbildung: Tony Stone, München / Dennis Kitchen
Texterfassung: Brigitte Apel, Hannover
Umbruch: Ventura Publisher im Verlag
Druck und Bindung: Ebner Ulm
Printed in Germany
ISBN 3-426-61768-4

2 4 5 3

A

Adlige Aldi-Kassiererinnen Ärzte
Afrikaner Agenten Akademiker
Alkoholiker Alleinerziehende
Allergiker Angeber Angler
Animateure Anwälte Apotheker
Aquarianer Araber Arbeitskollegen
Arbeitslose Archäologen Architekten
Astrologen Astronauten Astronomen
Außerirdische Australier Autofahrer
Automechaniker

Adlige

- lieben Sportarten, bei denen sie nicht schwitzen. Zum Beispiel: Windhundrennen.
- lassen die Reporter von *Bunte* zu Hause auf dem Schloss in jede Schublade gucken. Hinterher wird eine schmachtende Homestory gedruckt, wie anstrengend es ist, den Stall mit 80 Pferden in Schuss halten zu lassen oder ein Gala-Dinner für die 200 engsten Freunde der Familie zu organisieren.
- halten Journalisten plötzlich für Paparazzi, wenn sie über ihre Scheidung berichten wollen.
- klagen ständig darüber, wie schwer es ist, heutzutage gutes Personal zu finden.
- haben eine Klimaanlage, benützen aber trotzdem lieber den Fächer.
- vermehren sich inzestuös, das können auch Pelzmäntel, Kosmetiker und Chirurgen nicht verbergen. Verlieben sich deshalb immer in Bürgerliche. Dabei geraten sie an Skandalnudeln wie ehemalige Pornodarsteller oder perverse Reitlehrer.
- leben nach dem Motto: Adel verpflichtet. Wozu, wissen allerdings nur die Werber von Ferrero Rocher.
- haben Beinamen wie »der Sonnenkönig«, »der Große« oder »der geile Depp«.
- fallen bei jeder sich bietenden Gelegenheit in Ohnmacht, um sich mit Riechsalz wieder erwecken zu lassen.
- lassen sich am Morgen vom Butler die Zeitung bügeln.
- brauchen eine Stunde, um zu unterschreiben, weil sie Caroline Agatha Comtess von Goisern, dritte Infantin der spanischen Inquisition, Baronin Freifrau von Löffelholz zu Colberg – geborene Gerstenbichler – heißen.

ADLIGE VERLIEBEN SICH IMMER IN BÜRGERLICHE SKANDALNUDELN UND PERVERSE REITLEHRER.

- ➔ zerstreiten sich mit ihrem Sohn, weil der eine Bürgerliche heiraten will. Dass der Vater seit Jahren Alimente für vier uneheliche Kinder zahlt, wird dabei gerne vergessen.
- ➔ verarmen. Um Geld zu machen, adoptieren sie einen neureichen Zuhälter, der um gesellschaftliche Anerkennung ringt.
- ➔ brauchen einen Großteil ihrer intellektuellen Kapazität, um herauszufinden, wie sie andere Adlige ansprechen sollen. »Eure Majestät«, »verehrte Durchlaucht«, »Herr Baron« oder einfach nur Max.
- ➔ haben ein schwarzes Schaf in der Familie, über das sie sich auf Galadiners das Maul zerreißen.
- ➔ stellen die Prinzessin der Herzen. Die ist und bleibt Königin Beatrix der Niederlande alias Hape Kerkeling.
- ➔ müssen ihr Schloss für Touristen rausputzen. Bei Führungen heißt es dann: »Die 8000 Quadratmeter im Westflügel sind nicht zu besichtigen, da wohnt der Baron noch drin.« Noch schlimmer dran ist der Landadel. Der muss in Vorabendserien in Cabriolets herumfahren.

Aldi-Kassiererinnen

- ➔ sind dick, haben eine rötlich getönte Dauerwelle und dünnes, kaputtes Haar. Im Gegensatz zu Schlecker-Kassiererinnen kommen Aldi-Kassiererinnen nicht aus dem Osten.
- ➔ wissen alle Preise auswendig und tippen so schnell, dass das vorläufige amtliche Endergebnis bereits feststeht, wenn man das letzte Produkt aufs Förderband gelegt hat.

NA, WIE FÜHLEN WIR UNS DENN HEUTE?

Ärzte

- ➔ predigen: Obst essen – gesund bleiben. Ihre 16-Stunden-Schichten im Krankenhaus halten sie nur mit einem Liter Kaffee und zwei Schachteln Zigaretten durch. Weil sie völlig übermüdet sind, vergessen sie ihre Skalpelle im Bauch von Patienten und amputieren aus Versehen Opas gesundes Bein.
- ➔ reden mit den Patienten, als ob sie es selbst wären: »Na, wie fühlen wir uns denn heute? Haben wir denn noch Schmerzen?«
- ➔ haben Montag, Dienstag und Donnerstag von 10 bis 12 Uhr Sprechstunde. Den Rest der Woche müssen sie sich um ihr Golf-Handicap kümmern.
- ➔ erklären, egal ob sich ein Patient nur in den Finger geschnitten hat oder nach einem Motorradunfall im Koma liegt: »Es geht ihm den Umständen entsprechend.«
- ➔ fordern bei der Untersuchung, ohne die Patienten anzusehen: »Machen Sie sich bitte frei« und drücken einem ihr eiskaltes Stethoskop auf die Brust. Dann nehmen sie ein Holzstäbchen und stecken es uns in den Mund: »Sagen Sie bitte ahhh ...« Dafür haben sie 21 Semester studiert.
- ➔ schreiben ihre Rezepte in einer Sauklaue, die kein Mensch außer Apothekern lesen kann.
- ➔ machen sich im Kollegenkreis über die Unterwäsche ihrer Patienten lustig.
- ➔ wissen nicht genau, was ihren Patienten fehlt. Sicherheitshalber verschreiben sie Antibiotika.
- ➔ haben übervolle Wartezimmer, in denen man trotz Termin stundenlang herumsitzt und die Zeit mit uralten Illustrierten vom Lesezirkel totschlägt.

- ➔ schwören den hippokratischen Eid, mögen aber privat versicherte Patienten trotzdem lieber.
- ➔ schreiben Patienten krank, obwohl sie genau wissen, dass sie kerngesund sind und nur ein paar Tage blau machen wollen.
- ➔ können vier Organe gleichzeitig transplantieren. Wie man das lästige Jucken zwischen den Schultern los wird, wissen sie nicht.
- ➔ klagen nach der Gesundheitsreform, dass sie jetzt – fast – ihren Porsche verkaufen müssen, um die Hypothek für die Villa am See abzahlen zu können.
- ➔ lassen sich nieder.
- ➔ drücken auf die entzündete Stelle am Bauch, bis man vor Schmerz fast ohnmächtig wird, und fragen: »Tut's weh?«
- ➔ machen für Kassenpatienten gleich einen neuen Termin aus. Im nächsten Quartal.
- ➔ unterhalten untereinander gute Kontakte. Aber nicht etwa, weil sie ihre Kollegen mögen, sondern weil sie sie eventuell noch einmal brauchen, um Gefälligkeitsgutachten bei Kunstfehler-Prozessen zu bekommen.
- ➔ lassen sich von Pharma-Firmen nach Spanien einladen. Dafür bekommen alle Patienten das neue Breitband-Antibiotikum von Roche verschrieben.
- ➔ haben Sprechstundenhilfen, die mit den Patienten sprechen wie Kindergärtnerinnen mit besonders einfältigen Kleinkindern: »So, Frau Gerstenbichler, jetzt gehen wir noch ein bisschen in den Warteraum mit den vielen Zeitschriften. Der Herr Doktor kommt dann gleich.«

Afrikaner

- ➔ tragen Bast- oder Bananenröckchen.
- ➔ sind durchschnittlich elf Jahre alt. Jede Familie hat mindestens 18 Kinder, die alle in einem Raum schlafen.
- ➔ sind Wunderläufer. Schon als kleine Kinder müssen sie jeden Tag 50 Kilometer zur Schule rennen. Und zurück. Am Nachmittag schickt Mami ihren Nachwuchs noch mit zwei Eimern zum 40 Kilometer entfernten Wasserloch.
- ➔ spielen als Kinder mit einer zerbeulten Blechdose Fußball. Sie träumen davon, als Superstar nach Europa zu gehen. Scheitern aber, weil sie zu ballverliebt sind.
- ➔ stecken die Entwicklungshilfegelder in den Bau von Panzern.
- ➔ werden von Fliegen umschwirrt.
- ➔ stehen bei Wahlen in einer hundert Meter langen Schlange vor dem Wahllokal. Vor dem Eingang steht ein bewaffneter Soldat. Nach der Wahl sagen die UN-Wahlbeobachter, dass es Unregelmäßigkeiten gegeben habe, weshalb der Wahlverlierer die Wahl anfechtet. Das ändert aber alles nichts daran, dass der ungeliebte fette Diktator weiterhin an der Macht bleibt.
- ➔ haben entweder gerade eine fürchterliche Dürre oder Überschwemmung.
- ➔ sterben an Aids oder weil sie von Krokodilen gefressen werden. Stoßen zwei Kleinbusse zusammen, kommen 356 Afrikaner ums Leben.
- ➔ verwenden keine Kondome, weil es der Papst verboten hat. Und weil sie nicht verstehen, wie diese Plastiktütchen funktionieren sollen. Werden von Hilfsorganisationen Kondome verteilt, basteln sie damit lustige Ketten.
- ➔ verdienen ihren Lebensunterhalt, indem sie Nashornpulver

und Elfenbein als Aphrodisiakum nach Japan verkaufen. Nebenbei arbeiten sie für Greenpeace als Wächter eines Nationalparks.

➔ sind Patenkinder von Helga Beimer und Hera Lind.
➔ finden selbst in der Wüste noch was zu trinken. Entweder sie quetschen eine Wurzel aus oder sie entdecken eine Cola-Flasche, die aus einem Flugzeug gefallen ist.
➔ sitzen nicht, sondern hocken.
➔ schneiden zum Abendessen einen Baum auf. Im Stamm leben kleine dicke weiße Maden, die sie mit fröhlicher Miene essen.
➔ fangen in jedem Spiel mindestens ein Gegentor, weil der Torwart zu weit vor dem Tor steht oder sich verdribbelt.
➔ müssen den ganzen Tag Feuerholz sammeln, damit Mami abends Reisbrei kochen kann. Am Abend versammelt sich die Familie vor einem grieselnden Schwarzweißfernseher und sieht zu, wie Julia Roberts auf einer titanbeschichteten Cerankochfläche für Richard Gere ein Vier-Gänge-Menü kocht.
➔ finden Julia Roberts hässlich, weil sie nur auf dicke Frauen stehen. Eine attraktive afrikanische Frau, die sich bückt, ist von hinten nicht von einem Zebra zu unterscheiden.
➔ haben ihr ganzes Gold gegen billige Glasperlen getauscht.
➔ fahren Autos, bei deren Anblick sich jeder deutsche TÜV-Kontrolleur erschießen würde.
➔ haben beim Gottesdienst in der Kirche eine Stimmung wie wir höchstens in der Fankurve auf Schalke.

Agenten

- ➔ tragen Trenchcoat-Mäntel und großflächige Sonnenbrillen. Ihre Sonnenbrillen nehmen sie auch im Winter und nachts niemals ab (wie die Italiener).
- ➔ sitzen unauffällig vor Botschaften herum und lesen eine Zeitung, in der ein faustgroßes Loch ist.
- ➔ haben eine Zyankali-Kapsel im Mund, auf die sie beißen, wenn sie in Gefangenschaft geraten.
- ➔ kriegen nur dank ihrer Informanten etwas heraus. Der Informant ist ein heruntergekommener Penner, mit dem sie sich in einem Straßencafé treffen und dem sie unter dem Tisch unauffällig ein paar Dollar zuschieben.
- ➔ leben in konspirativen Appartementwohnungen, die sie unter falschem Namen angemietet haben.
- ➔ schlafen mit hunderten Frauen, ohne sich zu verlieben. Die einzige, die sie je geliebt haben, wurde vom KGB erschossen.
- ➔ haben in ihrer Armbanduhr einen Trennschleifer, ein Satelliten-Funkgerät und eine Stinger-Rakete versteckt. Zur Tarnung zeigt die Uhr auch noch die Zeit an.
- ➔ entschärfen die Atombombe, eine Sekunde bevor sie explodiert.
- ➔ stellen wegen der Wanzen im Hotelzimmer die Dusche und das Radio an, wenn sie sich ungestört unterhalten wollen.
- ➔ kleben ein Haar an die Tür, bevor sie ausgehen. Kommen sie wieder und das Haar ist gerissen, war ein anderer Agent im Raum. Oder das Zimmermädchen.
- ➔ schnallen sich Saugnäpfe an die Füße, mit denen sie senkrecht die Wände hochgehen können.

➔ fahren mit Wunderautos. Kommen sie an eine Straßensperre, steht immer zufällig ein Lastwagen daneben, der als Rampe für einen spektakulären Sprung dient. Die Verfolger-Autos landen auf der Seite und explodieren.

Akademiker

➔ kommen eine Viertelstunde zu spät.
➔ schreiben »Dr.« auf ihr Klingelschild, selbst wenn sie in einer Geisteswissenschaft über ein völlig unsinniges Thema promoviert haben.
➔ versuchen noch zehn Jahre, nachdem sie das Studium beendet haben, mit ihrem alten Studentenausweis im Kino ermäßigte Karten zu bekommen.
➔ verweisen in Heiratsannoncen als Erstes darauf, dass sie Akademiker sind. Sprich: totale Langweiler mit wenig Einkommen.
➔ joggen so schnell, wie normale Menschen gehen.
➔ finden keine Arbeit, weil sie überqualifiziert sind.

Alkoholiker

➔ sind rotnasige Choleriker mit grobporigen Nasen und fettigen Haaren. Es gibt eine typische Alkoholikerfrisur: halblange Haare, die gerade nach hinten gekämmt sind und ohne Fremdpomade halten.
➔ sind arbeitslos oder bei der Post, der Bundesbahn oder der Bundeswehr verbeamtet.
➔ kaufen am liebsten bei Aldi, weil da der Alkohol gleich hinter dem Eingang rechts steht.

- kaufen 30 Piccolo-Flaschen Sekt zur Tarnung. Nur die ganz Harten nehmen gleich eine Kiste Korn.
- trinken morgens vor dem Frühstück einen Schluck von ihrem Aftershave.

Alleinerziehende

- sind weiblich und Nervensägen.
- betteln die Freunde an, aufs Baby aufzupassen, damit sie in der Disko einen neuen Partner aufreißen können.
- verschweigen, dass sie ein kleines Kind haben. Erst beim dritten Date wird der Partner stutzig: »Du, Renate, warum hast du eigentlich so viele Malbücher?«
- geben Kontaktanzeigen auf, in denen es heißt: »Paul (2) und seine Mutti suchen einen liebevollen Mann fürs Leben.« Übersetzt heißt das: »Wir suchen jemanden, der Windeln wechselt und 4000 Mark netto im Monat anschleppt.«
- vergessen, ihr Kind abends vom Kinderladen abzuholen.
- haben Kinder, die abends ins Schlafzimmer kommen, wenn Mutti und der potenzielle neue Vati heißen Sex haben wollen. Das Kind jammert, dass es einen Alptraum gehabt habe, und legt sich ungefragt zwischen beide in die Ritze.

Allergiker

- erkennen sich im Frühling an ihren roten Nasen und begrüßen sich mitleidig: »Na, auch Birkenpollen?« – »Nee, Gräser.« Anschließend unterhalten sie sich eine Stunde lang darüber, dass sie bei unzähligen Allergologen waren, jeden Tag Dutzende unterschiedlicher Sprays und Tabletten nehmen, aber nichts hilft.

- stellen ihre Partner vor die Wahl: »Die Katze oder ich.«

Amerikaner

- werden am Tisch im Restaurant begrüßt: »Hi, ich bin Mary, und ich bediene euch heute Abend.« Mary ist eigentlich Schauspielerin. Der mexikanische Auswanderer José, der hinten in der Küche die Teller spült, wird später Millionär.
- haben 300 Fernsehkanäle. Davon sind 100 Shoppingkanäle für kaufsüchtige Hausfrauen, in denen Messersets verkauft werden. Die können angeblich ein Leben lang Eisennägel und sogar Turnschuhe schneiden, ohne stumpf zu werden. Außerdem gibt es noch sechs Steakmesser gratis, einen praktischen Messerblock und einen flotten Dosenöffner.
- verklagen den Hersteller ihrer Mikrowelle auf eine Million Dollar Schadenersatz, weil in der Gebrauchsanweisung nichts davon stand, dass man nasse Katzen nicht in der Mikrowelle trocknen darf. Und gewinnen den Prozess.
- singen in der Schule jeden Morgen mit der Hand auf dem Herzen die Nationalhymne.
- gehen mit ihrem Dackel zur Psychoanalyse, lassen ihn homöopathisch behandeln und im Alter von elf Jahren liften.
- mischen in einen 89er Chateau Mouton Rothschild Zucker oder Cola, weil er ihnen zu sauer schmeckt.
- essen zum Frühstück Eier mit Bratkartoffeln und Speck oder Riesentoasts mit einem Zentimeter Erdnussbutter drauf. Oder sie machen sich zum Frühstück die Reste des Barbecues vom Vorabend warm.

- ➔ können in der Schule mit 16 Jahren ihren Führerschein machen. Ein Jahr später werden sie im Autokino auf dem Rücksitz eines Chevrolets entjungfert.
- ➔ fälschen das Geburtsdatum im Führerschein, um im Alter von 20 Jahren in einer Oben-ohne-Bar die ersten Brüste ihres Lebens zu sehen.
- ➔ nennen sich Finance Control Manager, obwohl sie bei Walmart an der Kasse sitzen.
- ➔ kennen 52 unterschiedliche Dressings für Salat. Außerdem bieten die Supermärkte 96 unterschiedliche Vitaminpräparate und 178 verschiedene Cornflakes-Sorten an.
- ➔ fühlen sich durch die Einladung eines ihrer Arbeitskollegen zum Abendessen sexuell belästigt.
- ➔ kaufen sich dutzendweise Ratgeberbücher, in denen nichts anderes steht, als dass es keine schlechte Idee ist, das Leben einigermaßen positiv zu sehen.
- ➔ drehen Sexfilme, in denen die Schauspieler beim Geschlechtsakt die Kleidung anbehalten. In normalen Filmen halten die Schauspielerinnen die Bettdecke fest, damit sie nicht von ihren Brüsten rutscht. Wenn die Schauspielerin aufsteht, nimmt sie die Decke einfach mit.
- ➔ sind beziehungsgestörte Singles, wenn sie in der Großstadt leben. Amerikaner aus der Kleinstadt heiraten ihre Collegeliebe.
- ➔ glauben, dass in Deutschland noch immer Hitler an der Macht sei, und halten Hongkong für einen Gruselfilm. Dafür wissen sie genau, seit wann Brenda aus Beverly Hills 90210 ihre Haare blond trägt, und kennen sämtliche 786 Baseballregeln.

- ➔ glauben, dass sich Wrestler beim Wrestling wirklich wehtun.
- ➔ führen Kriege, damit das Benzin für ihre Limousinen billig bleibt.
- ➔ haben eine unglaublich niedrige Arbeitslosenquote. Verdienen aber nur 36 Cents in der Stunde. Zum Beispiel im Supermarkt, wo sie die Einkäufe der Kunden in braune Papiertüten packen und zum Auto tragen.
- ➔ haben eine Hausangestellte, die aus Puerto Rico kommt und kein Wort Englisch spricht und sich trotzdem immer als Erste am Telefon meldet.
- ➔ haben Mickymaus und den Silikonbusen erfunden. Und die Demokratie.
- ➔ tragen als Teenager so viele Piercings, dass sie zu zittern anfangen, wenn sie unter einer Wechselstromleitung durchgehen.
- ➔ haben Forscher, die jede Woche in der *Bild*-Zeitung mit sensationellen Ergebnissen aufwarten: »Ein amerikanisches Forscher-Team der Universität Yale hat herausgefunden: ›Gegen Gestank im Haus hilft am besten ... Lüften.‹«
- ➔ haben Einkaufszentren in der Größe vom Saarland.
- ➔ stellen bei jeder Gelegenheit Schilder auf. Etwa: »Keine Krankheiten verbreiten.« – »Beim Benutzen des Schwimmbades können Sie nass werden.« Oder am Außenspiegel jedes Autos: »Die Dinge können näher sein, als sie im Spiegel erscheinen.«
- ➔ haben einen Eiche-brutal-Waffenschrank im Wohnzimmer stehen, in dem mehrere großkalibrige Magnums, geladene Maschinenpistolen und ein Granatwerfer stehen. Den Schlüssel haben nur der Vater und sein elfjähriger Sohn.

Der läuft nach dem Vorbild von *Natural Born Killers* in seiner Schule Amok.

- ➔ haben Autos, die bei jeder Gelegenheit piepsen. Etwa beim Rückwärtsfahren oder wenn man nicht angeschnallt ist.
- ➔ heiraten in einer Drive-in-Kapelle in Las Vegas. Die anschließende Hochzeitsreise geht an die Niagarafälle.
- ➔ rauchen Haschisch, aber inhalieren nicht.
- ➔ wählen den Präsidentschaftskandidaten, der auf Wahlkampfveranstaltungen am besten Hände schütteln kann.
- ➔ fahren mit dem Auto zum Briefkasten.
- ➔ werden sozial geächtet, wenn sie rauchen, mehrere Sprachen sprechen oder sich vor dem Vietnamkrieg gedrückt haben.
- ➔ leben in Bundesstaaten, in denen Oralsex sogar unter Eheleuten verboten ist.
- ➔ werden wegen 13fachen Mordes zu 489 Jahren Haft verurteilt.

Angeber

- ➔ kontern jede Geschichte mit den Worten: »Kenn ich schon«, »Hab ich auch« oder »War ich auch schon mal.«

Angler

- ➔ reden beim Angeln den ganzen Tag nicht, um die Fische nicht zu verscheuchen.
- ➔ hätten auch nichts zu erzählen, weil sie den ganzen Tag stumpfsinnig herumsitzen.

- ➔ kaufen beim Fischhändler Fisch, wenn sie nichts gefangen haben, damit sie zu Hause nicht verspottet werden.
- ➔ sagen hinterher, dass sie gar nicht wegen der Fische angeln, sondern wegen der Ruhe und Erholung.
- ➔ träumen davon, aus dem Dorfbach einen neun Meter langen Riesenwels zu ziehen, mit dem sie stolz für ein Foto in der Lokalzeitung posieren.

Animateure

- ➔ sind blond, muskulös und immer unheimlich gut gelaunt.
- ➔ haben folgende Lieblingssätze: »Los, Leute, wir machen ein ganz lustiges Spiel – Eierlaufen.« – »Los, Leute, wir machen eine ganz lustige Polonäse um den Pool.« – »Bitte nicht drängeln am Buffet.«
- ➔ hatten eine längere Beziehung mit einer Frau. Die dauerte drei Wochen. Dazu kommen 86 Beziehungen, die 14 Tage dauerten. Und 300 Affären über eine Woche.

Anwälte

- ➔ verdienen sich das Geld für ihren neuen Brioni-Anzug mit einem kurzen Standardbrief.
- ➔ verlieren entgegen ihren Beteuerungen einen Prozess und erklären anschließend erregt: »Da gehen wir bis nach Karlsruhe.«
- ➔ müssen viel arbeiten und haben deshalb keine Zeit für Sport. Das Einzige, was sie beugen, ist das Gesetz.

ANGLER SAGEN HINTERHER,
DASS SIE GAR NICHT WEGEN DER FISCHE
ANGELN, SONDERN WEGEN DER
RUHE UND ERHOLUNG.

Apotheker

- sind freundliche ältere Herren mit Halbbrille und Bügelfalte in der Hose.
- haben folgende Lieblingssätze: »Das müssen wir erst bestellen.« – »Eine morgens, eine mittags und eine abends.« Und: »Macht neun Mark.«
- installieren Temperaturanzeigen über ihren Eingangstüren, die um 8 Grad falsch gehen.
- geben Patienten, die schwer grippekrank nachts zum Notdienst kommen, ein homöopathisches Nasenspray mit.

Aquarianer

- haben sündteure tropische Fische, die nur einmal im Jahr hinter dem Zierstrauch hervorschwimmen.
- haben sündteure tropische Fische, die sterben, bloß weil die Wassertemperatur um 0,3 Grad zu hoch ist.
- spülen ihre Fische in der Toilette hinunter, wenn diese sich zu stark vermehrt haben.

Araber

- verlangen für Souvenirs das Tausendfache des Wertes. Die Touristen fühlen sich unheimlich weltmännisch, wenn sie den Preis auf die Hälfte runterhandeln.
- müssen sich von ihren verschleierten Frauen nie die lästige Frage anhören: »Schatz, was soll ich denn heute anziehen?«
- fassen es als Kompliment für den Koch auf, wenn nach dem Essen gerülpst wird.

- ➔ tragen auch in der brennend heißen Wüste dicke Klamotten.
- ➔ finden in der Wüste jede Oase. Wenn Europäer in der Wüste Oasen entdecken, stellen sie sich stets als Fata Morgana heraus.
- ➔ lassen die Grabstätten in ihren Pyramiden von europäischen Forschern ausrauben. Die Grabschänder sind daraufhin verflucht und werden von einer untoten Mumie mit tödlichem Durchfall ausgerottet.
- ➔ locken Touristen an, indem sie ihre Wüsten als die größten Strände der Welt bezeichnen.
- ➔ verkaufen ihre Tochter für hundert Kamele und einen Sack Kautabak.
- ➔ beenden jeden Satz mit dem Stoßgebet »Inschallah«.
- ➔ lassen Frauen nicht ins Fußballstadion, weil sie dort nackte Männerbeine sehen könnten.
- ➔ haben Kinder, die den Touristen anbieten, ihnen den Basar zu zeigen. Dabei führt die Sightseeing-Tour direkt in den Teppichladen von Papi.
- ➔ fangen beim Handeln fast zu heulen an:
  »Ich habe acht Kinder. Meine Frau ist krank. Wenn du nicht 100 Dinar bezahlst, muss meine Familie hungern.«
- ➔ bilden ihre besten Leute in geheimen Camps in der Wüste zu Selbstmordkommandos aus.
- ➔ entführen Flugzeuge, um ihren Bruder aus dem Gefängnis zu pressen.

Arbeitskollegen

- ➔ trinken den letzten Kaffee und machen keinen neuen.

ARBEITS KOLLEGEN

- ➔ produzieren üblen Papierstau im Kopierer und machen sich wort- und tatenlos davon.
- ➔ leihen sich Bleistifte aus und geben sie mit Bissspuren zurück.
- ➔ leihen sich die Kaffeetasse aus und geben sie schwarz verkrustet zurück.
- ➔ organisieren einen Betriebsausflug, der im 400 Meter langen Anmarsch zu einer Saufkneipe besteht. Kommt die Sport-Fraktion zum Zuge, geht der Betriebsausflug über eine 108 Kilometer lange Extremstrecke zum Gipfel eines Felsens.
- ➔ werden bei der Weihnachtsfeier zudringlich.
- ➔ riechen den ganzen Nachmittag nach ihrem Mittagessen.
- ➔ haben sich hochgeschlafen.
- ➔ reißen das Fenster auf, wenn es draußen 17 Grad unter Null hat.
- ➔ schmettern ihren Kollegen eine Stunde vor der Mittagspause, während der Mittagspause und eine Stunde danach ein fröhliches »Mahlzeit« entgegen, wenn sie ihnen auf dem Flur begegnen.
- ➔ schleimen sich beim Chef ein, was der Idiot aber nicht bemerkt, der sie deshalb am liebsten mag.
- ➔ spielen den ganzen Tag Moorhuhnjagd am Computer.
- ➔ hängen Poster von Prominenten auf, die man auf den Tod nicht ausstehen kann.
- ➔ sitzen ausgerechnet dann in der Kabine nebenan, wenn man auf der Toilette mit heftigen Blähungen zu kämpfen hat.
- ➔ sind krank, wenn man Urlaub nehmen will.
- ➔ sind im Urlaub, wenn man krankmachen will.

Arbeitslose

➔ gehen noch drei Monate, nachdem sie entlassen wurden, Punkt sieben Uhr aus dem Haus und sitzen neun Stunden lang im Stadtpark, weil sie sich nicht trauen, ihrer Frau zu offenbaren, dass sie ihren Job verloren haben.

➔ sind sich zu fein für Jobs, bei denen sie körperlich arbeiten müssten.

➔ schreiben 300 Bewerbungen und erhalten 299 Absagen. Bei ihrem einzigen Vorstellungsgespräch sind sie so aufgeregt, dass sie kein einziges vernünftiges Wort herausbringen.

Archäologen

➔ sitzen bei 45 Grad im Schatten in der ägyptischen Wüste und legen mit einem Pinsel eine hundert mal hundert Meter große Ruine frei.

➔ können anhand einer Scherbe folgende Aussagen treffen: Diese Scherbe entstammt einem spätetruskischen Nachttopf aus dem Jahr 2708 vor Christus, der bei einem Erdbeben kaputtgegangen ist, als der Besitzer, ein cholerischer Reisbauer mit Hasenscharte, gerade mit einer Darmverstimmung zu kämpfen hatte.

➔ sagen, wenn der Gattin ein Teller hinunterfliegt: »Kein Problem, Schatz, ich klebe ihn wieder zusammen.«

Architekten

➔ sind dafür verantwortlich, dass die Toiletten in Einkaufszentren Ewigkeiten vom eigenen Standort entfernt sind.

ARCHÄOLOGEN SAGEN: „KEIN PROBLEM, ICH KLEBE DAS WIEDER ZUSAMMEN."

- vergessen Steckdosen und Lichtschalter, wo man sie dringend brauchen würde. Und am schlimmsten: ein Fenster im Klo.
- haben die spanische Küste auf dem Gewissen.
- bauen so dünne Wände, dass man die Frau des Nachbarn lauter stöhnen hört als die eigene.

Astrologen

- schreiben persönliche Horoskope, bei denen sie für Widder mit Aszendent Jungfrau am 23. März 2001 zu folgender Vorhersage kommen: »Wenn Sie früh aufstehen, dann haben Sie mehr vom Tag.«

Astronauten

- leben von Essen aus der Tube.
- haben keine freie Minute im Weltraum, weil die Zeit für Experimente verplant ist. Zum Beispiel finden sie heraus, dass eine Pflanze auch bei Schwerelosigkeit wächst. Nach jeder Mission verkündet der Forschungsleiter, dass es zwar keine konkreten Erkenntnisse gegeben habe, dass sie dafür aber tausend neue Fragen hätten, die sie mit der nächsten sieben Milliarden Dollar teuren Expedition klären wollen.
- müssen stundenlang aus dem Raumschiff raus, um ein Sonnensegel auszuklappen, dessen Mechanismus sich verhakt hat.
- explodieren in ihrer Rakete, weil jemand einen Putzlumpen im Triebwerk vergessen hat.
- steigen zehnmal in ihre Rakete ein und aus, weil der Start

wegen Problemen mit dem Wetter in letzter Sekunde verschoben wird.

- ➔ haben im Weltraum zufällig die Teflonpfanne erfunden.
- ➔ können vom All aus nur die Chinesische Mauer sehen. Und die Beine von Nadja Auermann.

Astronomen

- ➔ haben insgesamt 940 Milliarden Dollar ausgegeben für ein paar Gesteinsbrocken vom Mond und eine vage Ahnung, was hinter unserem Universum sein könnte.

Außerirdische

- ➔ sind grün und kommen vom Mars.
- ➔ sind auf Fotos unscharf.
- ➔ landen mit ihren UFOs immer in abgelegenen Wüsten und niemals in Fußgängerzonen.
- ➔ kidnappen Menschen mit ihren fliegenden Untertassen, um mit ihnen Experimente zu machen. Dabei handelt es sich um alkoholabhängige Arbeitslose aus der Vorstadt, die hinterher im Fernsehen erzählen, dass sie ein helles weißes Licht gesehen hätten.
- ➔ haben spitze Ohren und finden alles »faszinierend«.

Australier

- ➔ fliegen für ihren Jahresurlaub zum Oktoberfest. Im Rausch verpennen sie den Rückflug, nehmen's aber locker und schlagen sich fortan in der Münchner Fußgängerzone als Didgeridoo-Spieler durch.

➔ haben die Aborigines besoffen gemacht und ihnen anschließend das Land weggenommen.
➔ sind von einer Hasenplage bedroht.
➔ werden beim Surfen von Haien gefressen.
➔ verlieren beim Boxen gegen ein Känguru.

Autofahrer

➔ stehen stundenlang im Stau, für den es keinerlei erkennbaren Grund gibt. Die Rush-Hour dauert 5 Stunden.
➔ wundern sich, dass die Regierung die Mineralölsteuer um sechs Pfennig erhöht, das Benzin aber um 15 Pfennig teurer wird.
➔ suchen stundenlang nach einem Parkplatz. Dabei müssen sie feststellen, dass der einzige freie Parkplatz im ganzen Viertel ein Behindertenparkplatz ist. Der war allerdings noch nie besetzt.
➔ haben ein Bild im Führerschein, das so übel aussieht, dass sie sich ihr ganzes Leben lang dafür schämen.
➔ begegnen in engen Straßen gerne mal einem Müllwagen.
➔ machen beim Einparken folgenden Uraltwitz: »Habe ich noch Platz? Klar, wenn's kracht, noch einen halben Meter.«
➔ fahren gerade dann in den Tunnel, wenn im Radio ihr Lieblingslied kommt.
➔ stehen am Bahnübergang und haben den Eindruck, dass der Güterzug, der vorbeizuckelt, 70 Kilometer lang ist.
➔ gehen an Autobahnparkplätzen ohne Toiletten zehn Meter in den Wald. Der Weg zum rettenden Baum gleicht einem Minenfeld.
➔ sind auf Partys übellaunig, weil sie sich nicht besaufen dürfen, und jammern: »Ich muss noch fahren.«

- ➔ stehen ewig im Stau, weil auf der Gegenfahrbahn ein toller Unfall zu sehen ist mit viel Blut und einem abgerissenen Arm.
- ➔ fahren zehn Jahre unfallfrei und entschließen sich deswegen, auf Teilkasko umzusteigen. Die Tinte unter dem Vertrag ist noch nicht trocken, als sie den Wagen beim Einparken in ein Schaufenster setzen.

Automechaniker

- ➔ tragen einen ölverschmierten Blaumann und setzen auch sonst auf ihr Eigenparfum »Moschus« beziehungsweise »îltis«.
- ➔ verdrehen die Radiostation im Autoradio auf einen nervigen Rap- und Hip-Hop-Sender.
- ➔ lassen sich von Blondinen mit der Telefonnummer bezahlen.
- ➔ beheben Mängel, die am Auto gar nicht vorhanden waren. »Ihre Bremsscheiben, die mussten wir leider auch noch wechseln, die waren schon ganz schön runtergefahren.« Und stellen hinterher eine Rechnung aus, die doppelt so hoch ist wie der Kostenvoranschlag.

B

Babys Bademeister Bäcker
Balletttänzer Balletttänzerinnen
Bankkaufleute Barkeeper Bauarbeiter
Bauern Bayern Beamte Bedienungen
Bergsteiger Berliner Betriebsräte
Betrüger Betrunkene Bettler Blinde
Blondinen BMW-Fahrer Bodybuilder
Boxer Brillenträger Buddhisten
Bundestagsabgeordnete

Babys

- ➔ schlafen, schreien, kacken.
- ➔ schreien und kacken eigentlich hauptsächlich. Schlafen tun Babys nur, um frische Energie für mehrstündige Kreischattacken zu sammeln.
- ➔ machen, dass ihre Väter die Welt mit anderen Augen sehen. »Du hältst das kleine Bündel das erste Mal in den Händen und plötzlich weißt du es.« – »Was?« – »Das kann man nicht sagen, das musst du selbst erleben.«
- ➔ haben knautschige Pausbacken und Knubbelnasen. Die Eltern finden ihr Baby immer schön und fragen: »Sieht er nicht goldig aus?« Sie wollen keine ehrliche Antwort.
- ➔ können länger schreien, als ihre Eltern Nerven haben. Kurz nachdem die Eltern total ausgerastet sind, lächelt das Baby sie aus seinen blauen Augen an und alles ist wieder gut.
- ➔ werden von einem Fotoatelier mit Weichzeichner auf einem Eisbärenfell fotografiert.
- ➔ werden von Besuchern liebevoll als kleines Scheißerchen bezeichnet. Die denken aber auch, dass die Pampers-Pakete unter dem Wickeltisch für einen Monat reichen und nicht bloß für drei Tage.

Bademeister

- ➔ werden dafür bezahlt, dass sie sich den ganzen Tag hübsche Frauen im Bikini anschauen.
- ➔ nutzen ihre Macht im Schwimmbad selbstherrlich aus: Nur aus Gnade wird der Sprungturm für eine halbe Stunde am Tag geöffnet. Die restliche Zeit hängt ein Schild davor, auf dem steht: G E S P E R R T.

- sind dafür verantwortlich, dass die Duschen auf dem Weg zum Schwimmbecken nur eiskaltes Wasser haben. Die Fliesen auf dem Weg zum Becken sind so rutschig, dass die hübschen Mädchen hinfallen und vom Bademeister höchstpersönlich verarztet werden.

Bäcker

- haben hundert Brotsorten, mit Namen, die sich niemand merken kann. Weil die Namen in unleserlicher Schrift unter den Broten stehen, muss man auf das Brot zeigen, das man kaufen will. Die Verkäuferin greift immer zu einem anderen. »Nein, das daneben!«
- haben es geschafft, die Brotpreise in wenigen Jahren zu verzehnfachen.
- erfinden eigenartiges Zeug wie Acht-Korn-Gamma-Lactose-Brot, das jeder einmal kauft, um festzustellen, dass das gute alte Sonnenblumenbrot immer noch das beste ist.
- müssen jeden Morgen um vier Uhr aufstehen, um die Brötchen vom Vortag aufzubacken.
- schaffen es, Luft statt Teig in die Brötchen zu backen.
- haben abends kein Weißbrot mehr. Das einzige Brot, das es noch gibt, ist Acht-Korn-Gamma-Lactose-Brot für 13 Mark den Laib.

Balletttänzer

- sind noch schwuler als Friseure.
- haben Ausbuchtungen in ihren engen Hosen, die unmöglich nur von ihren Genitalien stammen können.

ICH HÄTT GERN DAS BROT NEBEN DEM NACH WELCHEM SIE GLEICH GREIFEN WERDEN!

➔ haben ausgeprägte Wangenknochen.
➔ lachen nie.

Balletttänzerinnen

➔ sind magersüchtig.
➔ sehen aus, wie frisch vom Vampir ausgesaugt.
➔ legen ihr Bein so selbstverständlich über die Schulter ihres Partners wie andere den Arm.
➔ haben als Vierjährige mit dem Tanzen angefangen, weil ihnen die weißen Tüllröckchen so gefallen haben.
➔ werden von einer Lehrerin aus Russland (Typ unerbittlicher Gulag-Kommandant) trainiert und drangsaliert.
In Wirklichkeit hat die aber ein ganz weiches Herz und liebt ihre Mädchen über alles.
➔ können auf einer Zehe stehen und dabei glücklich aussehen.

Bankkaufleute

➔ tragen Mickymaus-Krawatten.
➔ finden es privat unheimlich leger, wenn sie sich einen Pulli um die Hüfte binden.
➔ finden es vernünftig, dass man an einem Tag etwas überweist, es aber erst vier Tage später ankommt, obwohl die Kohle in knapp einer Sekunde vom Konto abgebucht wird.
➔ finden es vernünftig, dass eine Bank
nur von 9–12 Uhr und von 14–15.45 Uhr geöffnet
hat.
➔ finden es kundenfreundlich, wenn sie einer Oma ein

Sparbuch aufschwätzen, bei der sie kaum genug Zinsen bekommt, um die Inflation auszugleichen.

- ➔ beteiligen sich jedes Jahr an der Green-Card-Verlosung, um Börsenmakler in den USA zu werden. Schwören sich, dass sie dann nicht länger in der Detmolder Kreissparkasse auf die Sparbücher alter Omas aufpassen.
- ➔ waren für ein BWL-Studium zu doof.
- ➔ sperren das Konto, weil man seinen Dispokredit um eine Mark überzogen hat.
- ➔ verlangen, dass man beweist, dass man kein Geld braucht, wenn man einen Kredit will.
- ➔ sind daran schuld, dass nachts, wenn man dringend Geld braucht und das Taxi vor der Bank wartet, der Bankautomat außer Betrieb ist.
- ➔ sind schuld, dass man die Nummer für die EC-Karte auswendig lernen muss und alle paar Monate unerklärlicherweise vergisst.
- ➔ finden es normal, dass neben überhöhten Zinsen für einen Kredit auch noch Bearbeitungsgebühren fällig werden.

Barkeeper

- ➔ sind schön und tragen eine gegelte Frisur mit Seitenscheitel, den sie sich bei jeder Gelegenheit aus dem Gesicht pusten oder schwenken.
- ➔ bekommen den ganzen Abend Telefonnummern von willigen Frauen und Schwulen zugesteckt.

Bauarbeiter

- ➔ kennen mindestens zehn verschiedene Techniken, eine Bierflasche ohne Flaschenöffner zu öffnen.
- ➔ haben einen Händedruck, der unter den Paragrafen »schwere Körperverletzung« fällt.
- ➔ leben wochenlang in Containern auf der Baustelle, die mit den Fotos nackter Frauen behängt sind.
- ➔ ernähren sich von Currywürsten, die sie vom versklavten Lehrling am Imbissstand kaufen lassen.
- ➔ pfeifen vom Gerüst Frauen hinterher.
- ➔ fangen frühmorgens direkt unter dem Fenster zu arbeiten an. Das erste Werkzeug, mit dem sie morgens arbeiten, ist der Presslufthammer. Dabei unterhalten sie sich über Autozubehör und Titten.

Bauern

- ➔ werden von der EU dafür bezahlt, dass sie bestimmte Sachen *nicht* anbauen. Alle paar Monate protestieren die Bauern gegen die Agrarpolitik der EU in Brüssel. Entweder bauen sie eine überdimensionale Pyramide aus Gemüse, kippen tausend Liter Milch auf die Straße oder sie lassen Schweine und Kühe vors EU-Parlament kacken.
- ➔ sind die Einzigen, die sich im Sommer über Regen freuen.
- ➔ zuckeln in Schrittgeschwindigkeit mit ihrem Traktor über die Landstraße. Der Traktor ist mit einer Fuhre Heu beladen, die so weit zur Seite absteht, dass die Sicht total versperrt ist und man den Traktor nicht überholen kann. Erst wenn sich die Autos kilometerweit gestaut haben, biegt der Traktor ab.

- studieren zehn Semester Landwirtschaft, obwohl der dümmste Bauer die größten Kartoffeln erntet. Hauptfach für angehende Landwirte an der Uni: Chemie.
- stehen mit dem ersten Hahnenschrei auf und gehen mit den Hühnern ins Bett.
- tragen ihre Gummistiefel im Sommer auch bei dreißig Grad.
- schenken ihren Kindern zum zehnten Geburtstag ein Luftgewehr und üben mit ihnen auf Blechdosen zu schießen. Wenig später gib es keine Spatzen mehr in der Gegend.
- werden von einem dreiminütigen Hagelsturm um die Arbeit eines ganzen Jahres gebracht. Verdienen mit der Versicherung und durch EU-Hilfen dann so viel wie sonst in zwei Jahren.

Bayern

- tragen Dirndl und Lederhosen. Die Attraktivität der Mannsbilder bemisst sich an der Dicke ihrer Wad'ln.
- kriegen Kopfschmerzen vom Föhn. Dafür haben sie den blauesten Himmel der Welt.
- wählen CSU.
- schimpfen jeden, der nördlich von München lebt, einen »Saupreiß«.
- essen Leberkässemmeln, bei denen der süße Senf aus der Seite herausquillt.
- gehen für das Kruzifix in bayerischen Klassenzimmern auf die Straße, sind aber dagegen, dass eine muslimische Lehrerin in der Schule ihr Kopftuch trägt. Und in der Wehrmachtsausstellung war sowieso alles gelogen.

- ➔ behaupten, dass, wer in Berlin Abitur macht, in Bayern nicht mal die Sonderschule geschafft hätte.

Beamte

- ➔ verlassen die Arbeit auf die Sekunde genau um 15.45 Uhr. Damit sie sich dabei nicht verspäten, hören sie schon kurz vor 15 Uhr mit der Arbeit auf.
- ➔ sind im Zweifelsfall nicht zuständig: »Das macht Kollege Gerstenbichler, der ist aber zur Zeit krank. Der kommt nächsten Montag wieder.«
- ➔ legen ihre Stifte im rechten Winkel auf die Schreibunterlage.
- ➔ entwerfen Formulare, auf denen nur zwei Zentimeter Platz für die Adresse ist.
- ➔ verschicken eine 1,10 Mark teure Mahnung, dass man seine 0,07 Mark Steuerschulden noch nicht beglichen habe.
- ➔ haben vor ihrer Tür einen Automaten, an dem man morgens eine Nummer zieht, um nachmittags an der Reihe zu sein. Kommt man endlich dran, erklären sie, dass man nicht nur eine Kopie der Geburtsurkunde braucht, sondern das Original. Und dass man sich morgen noch mal anstellen muss.
- ➔ zählen die Tage bis zu ihrer Pensionierung.
- ➔ sind telefonisch unmöglich zu erreichen. Versucht man es über die Vermittlung, verhungert man in der Warteschleife.
- ➔ warten 36 Jahre, bis ihr Vorgesetzter stirbt und sie befördert werden.
- ➔ können in der Kantine zwischen zwei Stammessen wählen.

Bedienungen

- ➔ arbeiten in Szenekneipen und sind hübsch, aber extrem vergesslich und übellaunig.
- ➔ arbeiten in rustikalen Kneipen und sind freundlich und zuvorkommend, aber alt und hässlich.
- ➔ haben folgende Lieblingssätze: »Hat's geschmeckt?« – »Gibt's nicht mehr.« – »Frühstück nur bis vor fünf Minuten!« – »Kann ich mal abkassieren, wir haben Schichtwechsel.«
- ➔ sind autistische Lebewesen, die durchs Lokal gehen können, ohne die heftig winkenden und rufenden Personen an den Tischen wahrzunehmen.
- ➔ verrechnen sich nie zu ihren Ungunsten.
- ➔ suchen beim Zahlen so lange im Geldbeutel nach Wechselgeld, bis der Gast sagt: »Stimmt so.« Wenn der Gast nichts sagt, geben sie das Geld in ganz kleinen Münzen heraus.
- ➔ servieren Suppe und Hauptgericht gleichzeitig.
- ➔ servieren eine Suppe, die so heiß ist, dass man sich die Zunge verbrennt, und ein kaltes Hauptgericht.
- ➔ beginnen schon eine halbe Stunde, bevor das Lokal zumacht, damit, demonstrativ die Stühle hochzustellen.

Bergsteiger

- ➔ sind vollbärtige Gestalten mit abgefrorenen Zehen und Bräunungsrändern um die Augen.
- ➔ begegnen sich gegenseitig im Schneesturm und behaupten nachher, sie hätten den Yeti getroffen.
- ➔ essen einen daumengroßen Energieriegel, der so viele Nährstoffe und Vitamine enthält wie ein Sonntagsessen bei Mutti.

- ➔ haben Eiszapfen aus der Nase hängen.
- ➔ wechseln ihre Unterwäsche bei einer Expedition 14 Tage lang nicht.
- ➔ behaupten hinterher, dass ihre Unterwäsche nicht riechen würde.
- ➔ lassen die wirklich schweren Sachen von Sherpas den Berg hinauftragen. Als Bezwinger des Berges werden nie die Sherpas genannt, die schon zehnmal oben waren.
- ➔ werden zehn Jahre, nachdem sie versucht haben, den Mount Everest zu besteigen, als Skelett in einer völlig intakten »North Face«-Jacke gefunden.
- ➔ brechen hundert Meter, bevor sie die rettende Hütte erreicht haben, vor Erschöpfung zusammen.
- ➔ klettern mit Sandalen auf den Gletscher und rufen mit dem Handy die Bergwacht.
- ➔ schlafen in den Berghütten zusammen mit zwanzig anderen im Matratzenlager. Einer schnarcht immer. Wenn man um drei Uhr morgens endlich eingeschlafen ist, steht der Schnarcher auf, weil er schon um vier Uhr los will. Beim Zusammenpacken seiner Sachen fällt ihm die Trinkflasche aus Stahl auf den Boden.

Berliner

- ➔ behaupten, dass in Berlin alles außergewöhnlicher und besser sei als anderswo. Sogar die stinkende Berliner Luft wird besungen.
- ➔ werden die Politik verändern. Dank der unfreundlichen Berliner werden die Abgeordneten mehr von den Problemen und Sorgen des Volkes mitbekommen.

- leben auf der größten Baustelle der Welt. Anfangs konnten die Berliner die Baustellen auch nicht leiden, bis sie beschlossen haben, dass die Baustellen Sehenswürdigkeiten sind und damit Ziel des Familienausflugs am Wochenende.
- fahren am Wochenende nach »jotwede« (janz weit draußen) und im Sommer in die Sommerfrische.
- ernähren sich von Dönern beziehungsweise dem, was ihnen Türken als Döner verkaufen.

Betriebsräte

- sind die faulsten und unmotiviertesten Mitarbeiter jedes Konzerns. Als rotbackige, dauerkranke Nervensägen, die in jedem Gremium herumlümmeln, treiben sie Chefs mit ihrer Unkündbarkeit an den Rand des Wahnsinns.

Betrüger

- haben ein »von« in ihrem Namen, fahren mit großen Limousinen vor und versprechen Traumrenditen von garantiert über 40 Prozent.
- bekommen von der Bank ein Darlehen über 800 Millionen Mark, das sie in den Sand setzen. Als Nichtbetrüger muss man der Bank schon für 1000 Mark eine Bürgschaft bieten.
- nehmen Schwachköpfe aus. Die größten Idioten finden sie mit folgender Annonce: »Wer will 12 000 Mark nebenberuflich verdienen – ohne Vorkenntnisse.« Bevor die Interessenten den Job kriegen, müssen sie nur eine Bearbeitungsgebühr von 500 Mark bezahlen.

- haben zufällig ein unheimlich günstiges Time-Sharing-Angebot an der Hand, das nur noch bis heute gilt.

Betrunkene

- fahren mit dem Taxi nach Hause, wenn sie zu viel gebechert haben. Nachdem sie ins Taxi gekotzt haben, geht es ihnen besser, und sie fragen den Taxifahrer: »Wo kann man jetzt noch hingehen und eine Kleinigkeit trinken?« Die nächsten Tage verbringen sie damit, sich zu erinnern, wo genau in der Nähe welcher Kneipe sie ihren Wagen geparkt hatten.
- können gar nicht verstehen, warum sie eigentlich so wanken, wo sie jetzt doch vier Beine haben.
- rufen am nächsten Morgen bei ihren Freunden an, um sich zu erkundigen, ob sie im Suff etwas Peinliches getan haben. Die Freunde reden nicht mehr mit ihnen.
- erzählen am nächsten Morgen völlig verkatert, dass sie gar nicht so viel getrunken hätten: »Das letzte Bier muss irgendwie schlecht gewesen sein.«
- schließen Freundschaften, die exakt bis Kneipenschluss halten.

Bettler

- liegen mit ihrem Hund vor dem Supermarkt, wo sie von reichen Witwen angepöbelt werden: »Das arme Tier!« Anschließend kaufen die Witwen im Supermarkt eine Dose Pedigree Pal für den Hund.
- haben folgenden Lieblingssatz: »Ich habe Hunger.«

BETRUNKENE IN WITZZEICHNUNGEN HABEN IMMER EINEN BALLON BEI SICH.

- ➔ fangen ihre Opfer am Fahrkartenautomaten der U-Bahn ab, wo man sein Kleingeld schwer verleugnen kann.
- ➔ sind in Wirklichkeit total reich. Nachdem sie den ganzen Tag gesessen sind, gehen sie zu ihrem Mercedes und fahren heim in ihre Wohnung, wo fünf unterschiedlich abgerissene Bettler-Outfits liegen.
- ➔ prügeln sich um den besten Platz vor der Kirche.
- ➔ fragen: »Haste mal zehn Pfennig«, obwohl sie mindestens eine Mark haben wollen.

Blinde

- ➔ machen in ihrer Wohnung das Licht trotzdem an.
- ➔ lesen aus Langeweile manchmal die Geschichte, die auf der Küchenreibe steht.
- ➔ werden von Feministinnen für die besseren Menschen gehalten, weil sie andere nicht nach dem Äußeren beurteilen.

Blondinen

- ➔ sind verhaltensblond.
- ➔ verbringen die eine Hälfte ihres Lebens in Bars, wo sie sich von Männern abschleppen lassen. Die andere Hälfte verbringen sie im Sonnenstudio.
- ➔ tragen im Sommer keine Unterwäsche.
- ➔ überwintern in Ibiza, zusammen mit Julio, Javier und Gonzalez.
- ➔ schaffen es, dass der Typ, der neben ihnen im Porsche am Lenkrad sitzt, glaubt, dass sie ihn um seiner selbst willen lieben.

- → können über Blondinenwitze lachen. Obwohl sie sie nicht verstehen.

BMW-Fahrer

- → fahren links und wählen rechts.
- → rasen mit 228 Kilometern pro Stunde auf der linken Spur der Autobahn, blinken links und benutzen die Lichthupe. Wer nicht bei zwei von der Spur verschwunden ist, bekommt zu hören: »Hey, du Penner, das ist hier nicht der ›IKEA-PARKPLATZ.‹«
- → parken direkt vor dem Restaurant und programmieren ihre Alarmanlage so, dass sie schon durch vorbeispazierende Passanten ausgelöst wird.
- → überholen im Überholverbot und erklären den Polizisten anschließend: »Ich dachte, das gilt nur für Traktoren.«

Bodybuilder

- → sind solariumgebräunt.
- → laufen durch die Gegend, als hätten sie eine Melone zwischen den Beinen und Rasierklingen in den Achselhöhlen.
- → bestreiten, dass ihre Herzoperation etwas mit früherem Anabolikakonsum zu tun haben könnte.
- → beteuern, dass sie nie im Leben Muskelpräparate genommen haben und nur so stark sind, weil Mama immer so leckeren Apfelstrudel gekocht hat.
- → sterben mit Ende dreißig an Herzinfarkt.
- → haben zwar Muskeln, dafür können sie kein Nähgarn mehr in ein Nadelöhr einfädeln.

- ➔ hoffen, dass nach *Conan der Barbar* und *Conan der Zerstörer* ein dritter Teil gedreht wird, damit sie genau wie Arnold Schwarzenegger endlich für Hollywood entdeckt werden.
- ➔ essen zu ihren drei Steaks am Tag zehn Eier. Dazu gibt es dreimal am Tag einen Eiweißdrink mit Mandarine-Geschmack.
- ➔ haben keine Lust mehr auf Sex.
- ➔ haben nicht nur ein breites Kreuz, sondern auch breite Reifen am Auto.

Boxer

- ➔ reden nach dem Kampf geschwollen daher.
- ➔ verlieren bei jedem Schlag Gehirnzellen, weshalb langjährige Profiboxer bei Interviews zunehmend an Fußballprofis erinnern.
- ➔ können besser seilspringen als kleine Mädchen.
- ➔ können boxen, wie sie wollen. Der Gewinner wird vorher von den Mafia-Bossen bestimmt.
- ➔ legen sich nach dem Kampf ein rohes Rindersteak auf ihre Augen.
- ➔ haben eine Fankurve, die ausschließlich aus vorbestraften Zuhältern, Erpressern und Geiselnehmern besteht.
- ➔ haben einen Manager mit einer Frisur wie eine explodierte Klobürste, der nach verlorenem Kampf die Ringrichter als blinde Trottel beschimpft.
- ➔ werden von Ringsprechern mit seltsamen Sprachfehlern begleitet: »Der weeeeeeiiißßßßöööö Riiieeeeeeeesssö Aaaaaaaaxel Schuuuuuuulz.«

BOXER KÖNNEN BESSER SEILSPRINGEN
ALS KLEINE MÄDCHEN.

Brillenträger

- ➔ sehen aus wie Schildkröten, wenn sie ihre Brillen nicht aufhaben.
- ➔ haben rote Druckflecken auf der Nase.
- ➔ haben Fettflecken von Fremdnasen auf der Brille, wenn sie küssen.
- ➔ werden in der Schule gehänselt. Schlimmer ist nur noch eine Zahnspange. Das Einzige, was Brillenträger am Leben hält, ist die alte Regel: Brillenträger schlägt man nicht.
- ➔ kommen im Winter ins Restaurant und sehen erst mal gar nichts, weil ihre Brille beschlägt.
- ➔ suchen stundenlang nach ihrer Brille, bis sie sich verzweifelt am Kopf kratzen und merken, dass sie sie auf die Stirn geschoben haben.

Buddhisten

- ➔ sind entweder Yuppies oder Hollywoodstars, die nach einem Sinn für ihr dekadentes Leben suchen.
- ➔ sind religiöse Weicheier. Buddhismus ist die Lätta-Margarine unter den Religionen. Die haben nicht mal einen ordentlichen Teufel.
- ➔ schicken Leute in tibetische Dörfer, wo sie einfach Babys mitnehmen und behaupten, das wäre eine ganz wichtige Wiedergeburt.

Bundestagsabgeordnete

- ➔ lassen sich in Firmenjets durch die Gegend fliegen und fahren umsonst mit der Bahn.
- ➔ arbeiten in Ausschüssen, die dreimal im Jahr auf

Bäcker
Optiker
NEU:
BROTLESEBRILLEN

Dienstreise fahren, um vor Ort zu untersuchen, wie die Hawaiianer das Problem mit der Kindergartenplatzversorgung gelöst haben.

- ➔ stimmen nie gegen die Erhöhung ihrer Diäten.
- ➔ klatschen nur bei den Reden der Leute aus der eigenen Fraktion.
- ➔ stören die Redner der anderen Fraktionen mit Zwischenrufen, die schon in der Oberstufen-Schulklasse peinlich gewesen wären.
- ➔ kassieren 10 000 Mark Rente im Monat für den Rest ihres Lebens, wenn sie vier Jahre lang Bundestagsabgeordnete waren und dann im Alter von 41 Jahren wegen Faulheit und Inkompetenz abgewählt werden.

C

Camper CDU-Mitglieder
Chefs Chinesen Clowns
Computerfreaks Cowboys

Camper

- ➔ zelten auf einem Ameisenhaufen.
- ➔ stehen abends in einer langen Schlange vor dem Duschhäuschen. Wenn sie endlich dran sind, haben sie zwar an die Warmwassermünze gedacht, aber das warme Wasser ist trotzdem alle.
- ➔ haben sich gerade erst eingeseift, da ist ihre Duschzeit auch schon wieder vorbei.
- ➔ ärgern sich unter der Dusche, dass sie zu geizig waren, sich eine zweite Duschmünze an der Rezeption zu kaufen.
- ➔ leben auf dem Campingplatz Wohnwagen an Wohnwagen noch enger zusammen als in ihrer Reihenhaussiedlung in Essen.
- ➔ haben seit Jahren dasselbe Zelt, aber Jahr für Jahr neue Probleme, es aufzustellen: »Schatz, wo sind denn die Heringe?«
- ➔ sitzen den ganzen Tag in der Sonne vor ihrem Wohnwagen und haben nebenbei dass Radio laufen. Abends wird gegrillt.
- ➔ sind stolz darauf, dass sie seit zwanzig Jahren auf ein und demselben Platz campieren und den Besitzer des Campingplatzes vertrauensvoll mit »Hotte« anreden dürfen.
- ➔ haben eine Satellitenschüssel auf ihrem Wohnwagen installiert, damit sie auch im Urlaub die Sportschau nicht verpassen.

CDU-Mitglieder

- ➔ spenden für die Instandhaltung der Soldatenfriedhöfe des Ersten Weltkriegs.

- haben kein Problem damit, dass ihr Vorsitzender eine Straftat begeht, solange er sein Ehrenwort hält.
- fahren Mercedes. Aus Prinzip.
- müssen mit dem Versprechen geködert werden, dass das Asylrecht weiter verschärft wird, sonst wandern sie zu den Rechtsradikalen ab.
- würden gerne in ihrer Freizeit Castortransporte bewachen und Ökos mit Wasserwerfern schikanieren. Weil das nicht geht, organisieren sie in der Nachbarschaft eine Bürgerwehr.

Chefs

- kommen ausgerechnet an den Tagen ganz früh am Morgen ins Büro, an denen man zu spät kommt.
- kommen zu spät, weil sie sich das leisten können.
- kommen zu früh, weil sie alle überwachen wollen.
- haben reservierte Parkplätze.
- geben Annoncen auf, in denen sie die Stelle einer Teamassistentin ausschreiben, obwohl sie eine fügsame Tippse suchen.
- fahren mit ihrer Sekretärin übers Wochenende nach Paris. Auf Dienstreise.

Chinesen

- sind acht Milliarden Leute. Wenn sie alle gleichzeitig vom Stuhl springen, fliegt die Welt aus der Umlaufbahn.
- sind 1,58 Meter groß.
- haben sehr filigrane Körper. Sie werden beim Staatszirkus

CLOWNS –

– SIND EIGENTLICH GAR NICHT IMMER SO GUT DRAUF.

so lange gebogen und gedehnt, bis sie in einen Schuhkarton passen.

- ➔ haben immer eine lustige Faschingsverkleidung in petto. Sie machen einfach den Mund auf und gehen als Briefkasten.
- ➔ essen Hunde, Katzen und Affen.
- ➔ haben ein Nationalgericht. Es heißt M12 mit Suppe.
- ➔ haben gelbe Fahrräder. Dabei ist es egal, wenn mal eins umfällt.
- ➔ bringen Kopien von US-amerikanischen Filmen auf Video heraus, noch bevor die ins Kino kommen.
- ➔ haben Schwimmerinnen, neben denen selbst rumänische Kugelstoßerinnen wie Magersüchtige wirken.

Clowns

- ➔ tragen eine Riesenhose, die ihnen fünf Nummern zu groß ist und mit Hosenträgern befestigt ist. Ihren Mund malen sie weiß und schminken sich viel zu große rote Lippen. Ebenfalls Pflicht ist die rote, runde Pappnase, Haarbüschel an der Seite des Kopfes und Schuhe der Größe 148.
- ➔ sind keine lustigen Typen, sondern depressive und deprimierte Menschen, die nach der Vorstellung die ganze Zeit weinen.

Computerfreaks

- ➔ sehen genauso aus wie die Pizza, die sie jeden Abend essen.
- ➔ träumen davon, mit 17 eine eigene Firma in einer Garage

COMPUTERFREAKS SEHEN GENAUSO AUS WIE DIE PIZZA, DIE SIE JEDEN ABEND ESSEN.

zu gründen und zwei Jahre später an die Börse zu gehen und Milliardär zu werden.

- ➔ wissen hinterher mit der ganzen Kohle nichts anzufangen, weil sie immer nur vor dem Computer gesessen sind.
- ➔ telefonieren ihr halbes Leben mit so genannten Hotlines, die 3,63 Mark in der Minute kosten und Probleme lösen, die man ohne Computer nicht hätte. Jeder Computerfreak kennt dazu zwei Geschichten. Die erste handelt von einem Mann, der sich bei einer Hotline beklagt, dass sein Becherhalter kaputtgegangen ist. Dann stellt sich heraus, dass er sein CD-Laufwerk irrtümlich für einen ausfahrbaren Kaffeetassenhalter gehalten hat. Die zweite handelt von einer Sekretärin, die bei der Hotline über ein Computerproblem klagt. Der Hotline-Experte fragt sie: »Was steht denn auf Ihrem Bildschirm?« Sie antwortet: »Eine Blumenvase.«
- ➔ lassen sich vom Wing Commander zum wagemutigen Kampfpiloten ausbilden, werden bei Indiana Jones zum cleveren Archäologen, haben im Golf ein Handicap von -2, führen ihre Fußballmannschaft in drei Jahren von der zweiten Liga ins Champions-League-Finale, gewinnen jeden NBA-Slam-Dunk-Contest und verkaufen tagsüber Computer bei Vobis.
- ➔ hacken im Alter von zwölf Jahren die Zugangssoftware von T-Online. Eine Woche nachdem das bekannt wurde, verkündet das Unternehmen stolz, dass das Problem nun behoben sei. Zwei Minuten später hat ein Achtjähriger die Software wieder geknackt.
- ➔ kaufen sich für 3000 Mark den gerade modernsten Computer. Während sie aus dem Laden gehen, ist er veraltet. Zwar rechnet der Chip immer schneller, aber das

neue Microsoft-Betriebssystem frisst die zusätzlichen Systemressourcen wieder auf.

- spielen SimCity in Echtzeit. (Für alle Nicht-Computerfreaks: SimCity handelt von der Entwicklung der Menschheit seit Ötzi.)
- erinnern sich voller Nostalgie an ihre C64-Zeiten, als sie nächtelang durchspielen mussten, nicht aufs Klo oder ans Telefon gingen, nicht zu Abend aßen, weil man die Level und Spielstände noch nicht abspeichern konnte.

Cowboys

- werden bei ihrem Ritt durch die Wüste angeschossen und verirren sich. Dass sie schon fast tot sind, merken sie daran, dass neben ihnen auf einem verdorrten Kaktus Aasgeier sitzen.
- schummeln beim Pokern.
- drohen dem Barbier, ihn sofort zu erschießen, wenn er ihnen beim Rasieren die Haut auch nur ritzt. Der Barbier wird daraufhin so nervös, dass ...
- trinken Whiskey pur.
- rauchen Zigarillos. Nur in Marlboro Country rauchen sie Filterkippen.
- duellieren sich wegen jeder Kleinigkeit. Ort des Duells ist die menschenleere Hauptstraße der Stadt. Alle im Ort haben schreckliche Angst. Nur der Sargmacher zimmert schon freudig.
- haben in ihren Saloons praktische Schwingtüren, die nach innen und außen aufgehen, falls mal jemand betrunken ist.
- haben am Freitag Zahltag und am Montag kein Geld mehr.

In der Zwischenzeit sind sie betrunken und bei einem käuflichen Mädchen gewesen.

- behalten in der Badewanne (eine einfache Blechschüssel) den Hut auf.
- schlafen mit dem Revolver unterm Kopfkissen.
- werden geteert und gefedert.
- fallen auf den Ich-stelle-mich-tot-Trick herein: Sie schießen auf jemanden, der fällt vom Pferd und bewegt sich nicht mehr, sie gehen mit vorgehaltenem Revolver auf ihn zu, tippen ihn mit dem Fuß an und werden – schwupps – selber erschossen.
- raunzen sich im Saloon an: »Diese Stadt ist nicht groß genug für uns beide.«

D

Demonstranten Designer Detektive
Deutsche Dichter Dicke Dompteure
Drogenkonsumenten

Demonstranten

- ➔ schreiben Transparente, laufen vier Stunden im Regen durch die Stadt, hören sich drei Stunden lang Reden von weinerlichen Gewerkschaftsfunktionären an. Und nichts ändert sich.
- ➔ behaupten, dass der Schal, den sie bis über die Nase gezogen haben, keine Vermummung ist, sondern ihnen nur kalt sei.
- ➔ schreien vor Schmerzen, wenn sie von zwei Polizisten mit Samthandschuhen abgeführt werden.

Designer

- ➔ lassen sich dafür feiern, dass sie die Models jedes Jahr nackend über den Laufsteg schicken. Manchmal kleben sie einem Model zwei kleine Pflaster über die Brustwarzen. Das »Kleid« kostet 10 000 Mark.

Detektive

- ➔ tragen Trenchcoat, Sonnenbrille und Hut.
- ➔ haben eine markante Nase.
- ➔ leben in einem heruntergekommenen Büro, das nicht gerade nach Erfolg aussieht. Dabei knacken sie jeden Fall.
- ➔ sitzen Tage und Nächte im Auto, bis sie endlich das Foto von der Ehefrau und ihrem Liebhaber geschossen haben.
- ➔ verlieben sich in ihre hübsche Klientin. Und die hübsche Klientin verliebt sich natürlich auch in sie.
- ➔ können mit einer Haarnadel jedes Türschloss knacken. Müssen sie auch, weil sie nie einen Durchsuchungsbefehl haben.

- haben einen Freund bei der Polizei, der für sie Autokennzeichen überprüft, aber andauernd rumjammert, dass er deswegen seine Pension riskieren würde.
- gehen zur Beerdigung des Mordopfers, wo sie herausfinden, dass der Ermordete eine Geliebte hatte: die Frau, die bei der Beerdigung zwanzig Meter vom Grab entfernt hinter einem Baum versteckt steht.

Deutsche

- sortieren ihren Müll.
- sind pünktlich.
- trinken durchsichtigen Kaffee.
- sind Mitglied in unzähligen Vereinen.
- schämen sich dafür, Deutsche zu sein. Das ändert sich nur während der Fußballwelt- und europameisterschaft.
- glauben, dass sie bei der Fußballweltmeisterschaft gewinnen, wenn es ihnen gelingt, sich auf die deutschen Tugenden zu besinnen.
- haben ein Nationalgericht: Pizza.
- gehen nicht bei Rot über die Ampel und halten sich auch sonst an Gesetze. Das Wort, das sie am häufigsten benutzen, heißt: verboten.
- lachen nicht.
- ärgern sich bei Mensch-ärgere-Dich-nicht.
- haben ein ganz eigenes Demokratieverständnis. Der Kernsatz lautet: freie Fahrt für freie Bürger.
- haben einen Bierbauch.
- streiken nur für ihre eigenen Arbeitsplätze.
- überlegen, ob sie sich ein Kind leisten können.

- ➔ haben einen Lieblingsschwiegersohn: den seitengescheitelten Sat1-Schmierenbeutel Uli Meyer.
- ➔ schwören, dass der Ball 1966 in Wembley vor der Linie aufgekommen ist.
- ➔ fahren 250 Kilometer pro Stunde auf der Autobahn und fühlen sich dabei wie bei gutem Sex.
- ➔ erfinden Eissorten wie Basilikum-Rosmarin, Avocado-Nougat oder Whiskey-Cola.
- ➔ haben 694 Folgen Derrick geliebt, bei denen der wandelnde Tränensack am Ende jeder Folge durch moralinsaures Geschwafle selbst Unschuldige dazu gebracht hat, die abwegigsten Verbrechen zu gestehen.
- ➔ tranken noch Met auf dem Bärenfell, als alle anderen Europäer bereits zivilisierte Kulturvölker waren.
- ➔ werden Letzte beim Grand Prix de la Chanson.
- ➔ sehen sich jedes Jahr am Silvesterabend *Dinner for one* im Fernsehen an.
- ➔ sitzen bei *Wetten dass* ... kollektiv vor dem Fernseher. Der Höhepunkt der mindestens sechs Stunden dauernden Sendung ist die Saalwette, bei der es darum geht, ob es dem *Wetten-dass*-Team gelingt, zehn einarmige chinesische Köche mit Hasenscharte zu finden, denen Frühlingsrollen in den Ohren stecken und die »Drei Chinesen mit dem Kontrabass« singen.
- ➔ verlieren die Weltkriege, die sie anzetteln.
- ➔ halten es für vollkommen normal, dass Dr. Dreßler aus der Lindenstraße innerhalb von vier Wochen zum Alkoholiker wird und nur weitere vier Wochen braucht, um wieder clean zu werden.
- ➔ schunkeln.

- ➔ verfallen beim Abschlussapplaus auf Massenveranstaltungen bereits nach zehn Sekunden in ein einmütiges rhythmisches Klatschen, mit dem sie am liebsten nie aufhören würden und das für sie die Ausgeburt der Freude darstellt.
- ➔ schieben ihre Eltern ins Altersheim ab.
- ➔ lachen darüber, wenn sich jemand auf ein Furzkissen setzt.

Dichter

- ➔ tragen ungekämmtes Haar, Samtschals und ausladende Hüte. Überhaupt machen sie mächtig auf Existenzialisten, sitzen in Cafés herum und trinken mit abgespreiztem Finger Milchkaffee.
- ➔ sind unsterblich verliebt. Aber leider unglücklich, sonst würden sie die Welt mit ihren Gedichten verschonen.
- ➔ schreiben über die Liebe, praktizieren sie aber nicht. Geküsst werden sie nur von der Muse.
- ➔ sind so arm, dass sie sich im Winter keine Kohle zum Heizen leisten können. Eingepackt in drei Pullover sitzen sie in ihrem Mansardenstübchen, das von oben bis unten mit Büchern voll gestopft ist. Ihre Handschuhe ziehen sie nur zum Umblättern der Seiten des Buches aus, das sie gerade bei Kerzenlicht lesen, weil sie die Stromrechnung nicht bezahlt haben.
- ➔ haben ihre Schublade voller Gedichte, die sie sich nicht zu veröffentlichen trauen.
- ➔ spazieren im Walde nur so für sich hin.
- ➔ finden keine vier Reime auf Senf.
- ➔ verkaufen von ihrem Gedichtband insgesamt elf Stück.
- ➔ widmen sämtliche Gedichte ihrer Angebeteten, die sie

DICHTER FINDEN KEINE VIER REIME AUF SENF.

auch sofort erhören würde, wenn sie bloß nicht so armselige Gedichte schreiben würden.

Dicke

- mögen sich so, wie sie sind, und treten 200 Kilo schwer als Stripper in Talkshows auf.
- machen mit allem Diät: Eiern, Pflaumen, Tee, Artischocken, Slim Fast, Vollkornbrot, Tomaten, Trennkost. Nur nicht mit Sport oder weniger essen.
- gehen, wenn sie sich mühevoll zehn Kilo runtergehungert haben, in die nächste Konditorei, um das zu feiern. Drei Tage nach Ende der Diät wiegen sie mehr als vorher.
- müssen im Flugzeug zwei Plätze bezahlen. Und kriegen dann noch nicht einmal zwei Menüs angeboten.
- belasten die Krankenkassen, weil sie andauernd zur Kur müssen. Die Dicken kontern: »Dafür sterben wir früher an Herzinfarkt.«
- sind gar nicht dick. Sie haben nur schwere Knochen.
- haben dünne Partner. Wenn sie durch die Stadt laufen, denken alle Passanten: Wie die wohl Sex haben?

Dompteure

- werden bei der Fütterung von einem Löwen zerfleischt, der bis dahin friedlich in seinem briefmarkengroßen Käfig vollkommen artgerecht vor sich hin vegetierte.
- wissen nicht, wohin mit den Tieren, wenn ihr Zirkus Pleite geht. Halten ihre Löwen, sehr zur Freude der Nachbarn und der Boulevardpresse, eine Zeit lang im Vorgarten ihres Hauses.

Drogenkonsumenten

- ➔ sind gerne mal etwas nachlässig gekleidet.
- ➔ haben Pupillen, als hätten sie den ganzen Tag im Chlorwasser geplantscht.
- ➔ fahren nach Amsterdam in den Urlaub.
- ➔ lassen sich in folgende Gruppen unterscheiden:

Kokain-Schnupfer
sind neureiche Schickimickis, die Papis Millionenerbe verkoksen und sich nebenbei mit Edelnutten vergnügen.
Heroin-Abhängige
sind verwanzte Gestalten, die an Bahnhofstoiletten herumstehen und palettenweise Hustensaft saufen.
Hasch-Raucher
sind langhaarige Hippies, die mit glasigem Blick Janis-Joplin-Gekreische lauschen und über die dümmsten Kalauer lachen, bis die Backen schmerzen.
Fliegenpilz-Schlucker
sind durchgeknallte Öko-Esoteriker, die keine Dealer kennen und trotzdem mal stoned sein wollen. Leider wird ihnen nur speiübel.
Ecstasy-Konsumenten
sind gepiercte Techno-Freaks, die vier Tage lang durchtanzen und anschließend 96 Tage lang totalen Mist reden.

E

Ehepaare Eltern
Engländer Eskimos
Esoteriker
Ex-Freunde
Ex-Freundinnen

Ehepaare

- ➔ sitzen zusammen auf dem Sofa und schauen fern, weil sie sich nichts mehr zu sagen haben.
- ➔ bleiben nur noch wegen der Kinder zusammen.
- ➔ haben gleiche Trainingsanzüge, mit denen sie sonntags im Partnerlook durch den Wald spazieren.
- ➔ werden nach dem verflixten siebten Jahr geschieden.

Eltern

- ➔ halten ihr Kind immer für ein Baby, egal wie alt es ist.
- ➔ predigen, dass die Kinder alles aufessen sollen, was auf dem Teller ist, und merken nicht, dass für den kleinen Fettwanst eine Diät angebracht wäre.
- ➔ streiten sich die gesamte Dauer der Schwangerschaft, wie das Kind heißen soll. Am Ende entscheidet (wie immer) die Frau.
- ➔ nehmen Spucke, um ihren Kindern die Backe sauber zu machen.
- ➔ gleichen sich intellektuell ihrem Baby an: »Ja, wo issi Entilein? Wo hassu denn dein Handi?«
- ➔ geben ihren Kindern unpassende Modenamen wie Kevin. Der Kleine heißt dann Kevin Gerstenbichler.
- ➔ müssen feststellen, dass ihr Kind keinem Elternteil ähnlich sieht.
- ➔ behaupten, dass ihre Kinder schon im Alter von drei Monaten durchgeschlafen haben, mit sieben Monaten sauber waren und mit neun Monaten laufen können. Was alles gelogen ist.
- ➔ werden von ihren Kindern angebettelt, ob sie ihnen nicht einen Hund als Haustier schenken.

Sie müssen dann jahrelang mit dem blöden Köter Gassi gehen.

- ➔ verbieten ihren Kindern fernzusehen, während sie im Theater sind. Nach der Vorstellung kommen sie nach Hause und prüfen als Erstes, ob der Fernseher noch warm ist. Er ist warm. Beim nächsten Mal verstecken die Eltern das Kabel vom Fernseher im Kleiderschrank unter der Bettwäsche. Der Fernseher ist wieder warm. Schließlich nehmen sie das Kabel mit ins Theater.
- ➔ prahlen vor ihren Freunden damit, wie toll ihr Kind mit zwei Jahren schon sprechen kann. »Komm mal her, Kevin. Sag doch mal der Tante und dem Onkel, was du heute gemacht hast.« Kevin steht völlig verstört im Wohnzimmer und bringt keinen Ton heraus.
- ➔ haben im Keller Ausrüstungen im Wert von mehreren tausend Mark für Sportarten, die ihre Kinder jeweils einen Monat lang betrieben haben.
- ➔ kriegen tierisch Ärger mit ihren Kindern, wenn sie statt Nutella eine andere Nuss-Nougat-Creme anschleppen.
- ➔ schimpfen ihr Kind, wenn es das Wort »Scheiße« in den Mund nimmt. Fragen ihr Kind: »Wo hast du denn das aufgeschnappt?« Das Kind traut sich nicht zu sagen: von Papi beim Fußballschauen.
- ➔ erzählen ihren Kindern von Karius und Baktus, die sehr böse zu den Zähnen sind, und legen ihnen deshalb jeden Morgen ekelhafte Graubrotschnitten und mehlige Äpfel in die Schultasche.
- ➔ füttern ihre Kinder, wenn die nicht essen wollen, indem sie ihnen Ehrenlöffel auf Verwandte in den Mund stopfen: »Ein Löffelchen für Onkel Erwin, ein Löffelchen für Tante Martha …«

- ➔ können ihren Kindern ab der siebten Klasse nicht mehr bei den Mathehausaufgaben helfen.
- ➔ wollen ihre Kinder im Alter von 14 Jahren nicht alleine in den Urlaub fahren lassen. Sie selbst wollten mit 14 Jahren genau dasselbe und wissen nur zu gut, was alles in diesem Urlaub passiert ist.
- ➔ fahren nur dann übers Wochenende weg, wenn die Kinder versprechen, keine Party zu feiern. Kommen sie früher als angekündigt zurück, ist die Wohnung noch verwüstet.
- ➔ möchten, dass ihr Kind Violine spielen lernt oder sonst irgendein Instrument. Das bereuen sie anschließend jeden Nachmittag.
- ➔ haben Streit mit ihren Kindern, die unbedingt etwas haben wollen. Auf das Argument: »Alle anderen Kinder haben das auch« antworten sie: »Wenn alle anderen Kinder aus dem Fenster springen, springst du dann hinterher?!«
- ➔ müssen auf der Fahrt in den Urlaub alle Viertelstunde anhalten, weil einem der Kinder schlecht wird.
- ➔ fahren jedes Jahr zusammen mit allen anderen Eltern einen Tag nach Ferienbeginn in den Urlaub. Die erste Urlaubswoche verbringen sie im Stau. Am letzen Ferientag fahren alle gemeinsam wieder nach Hause.
- ➔ freuen sich, dass ihre Kinder heutzutage immer noch mit einem Jojo spielen.

Engländer

- ➔ tragen Trenchcoats, Pullunder mit V-Ausschnitt und Pferdchen-Emblem auf der Brust, Cordhose, Hornbrille und Gummistiefel.
- ➔ essen zum Wildschweinbraten Pfefferminzsoße.

- trinken mit abgespreiztem Finger ihren Fünf-Uhr-Tee.
- stellen sich an der Bushaltestelle in einer absolut geradlinigen Schlange auf und lesen dabei Zeitung. Dann springen sie auf den fahrenden Bus, ohne eine Sekunde den Blick von der Zeitung zu wenden.
- spielen Fußball wie die Holzfäller. Während Lothar Matthäus seine Auswechslung damit begründet, dass seine Wade »zugemacht« habe, werden Engländer ausgewechselt, wenn ihre Wade nicht zumacht.
- behaupten, dass das Wembleytor drin war.
- setzen bei einer Quote von 1:1 000 000 im Wettbüro 100 Pfund darauf, dass ihr neugeborener Sohn in 25 Jahren im Finale der Weltmeisterschaft das entscheidende Tor für England schießt. Mit dem linken Fuß.
- haben Angst, dass die Kronjuwelen der Königin gestohlen werden.
- müssen in einer roten Uniform und einer buschigen schwarzen Mütze den Buckinghampalast bewachen, ohne mit der Wimper zu zucken. Die ganze Zeit werden sie von Touristen angequatscht, die versuchen, sie mit schmutzigen Witzen zum Lachen zu bringen.
- hassen Deutsche.
- stehen im Regen.
- haben Blähungen vom dauerhaften Konsum von Fish & Chips.
- haben eine lustige Daily-Soap über Sex, Untreue und Intrigen: die Royals.
- haben einen Prinzen, der gerne ein Tampon wäre.
- haben einen Adligen, der sich seine Schamhaare auf die Glatze hat pflanzen lassen: Sir Elton John.

ENGLÄNDER

- ➔ müssen sich bis elf Uhr abends in Windeseile hackedicht saufen, weil dann die Pubs zumachen.

Eskimos

- ➔ küssen sich mit der Nase.
- ➔ leihen ihre Gattin als Gastgeschenk für eine Nacht her.
- ➔ holen ihren Söhnen zum Einschlafen einen runter.
- ➔ haben dreißig verschiedene Wörter für Schnee, aber kein Wort für Badehose.

Esoteriker

- ➔ sind weiblich, in den Wechseljahren, ökologisch engagiert und mit einem Sozialpädagogikstudium vorgebildet.
- ➔ sind in violetten Samt und gebatiktes Tuch gewandet, haben rot getönte Haare und sind über und über mit Modeschmuck aus der Toskana behängt. Dazu kommen indianischer Kampfschmuck, amerikanische Glückskettchen, peruanische Solidaritäts-Ohrringe, silberne Halskette mit Bild vom Schutzengel, Fußkettchen mit Sternzeichen-Anhänger und türkische Emanzipations-Bauchkette. Und ein Bergkristall, der gegen Fußpilz helfen soll ...
- ➔ glauben an jeden Mist. Hauptsache, er ist mindestens 2000 Jahre alt oder wurde von einem Indianer geschrieben.
- ➔ glauben an intelligentes Leben im All, obwohl es unter Esoterikern keinerlei Hinweise auf intelligentes Leben auf der Erde gibt.
- ➔ trinken grünen Tee, der nach ranzigem Moos schmeckt.
- ➔ haben folgende Lieblingssätze: »Was hast du für ein

Sternzeichen. Warte, lass mich raten. Löwe, stimmt's?«
»Dann aber Skorpion.« – »Oder warte, doch eher Widder?«
»Dann aber Zwilling.« – »Wusst ich's doch von Anfang an, du bist Zwilling! Da passen wir ja ganz toll zusammen.«

- ➔ bereiten sich mindestens zehnmal im Leben auf den prophezeiten Weltuntergang vor. Ihre einzige Hoffnung ist es, zu den Auserwählten zu gehören, die von der Spitze eines Berges abgeholt werden, bevor das Inferno losbricht.
- ➔ sind mal beinahe gestorben. In den Sekunden vor dem Tod haben sie ihr Leben im Zeitraffer an sich vorbeiziehen sehen: »Seitdem lebe ich viel intensiver und bewusster.«
- ➔ nehmen gerne mal ein Schlückchen von ihrem eigenen Urin. Am besten wirkt allerdings nicht der Anfangs- oder Endharn, sondern der aus der Mitte.
- ➔ waren in einem früheren Leben Jeanne d'Arc oder Napoleon. An eine Existenz als Hausmeister oder Schuhverkäufer kann sich niemand erinnern.
- ➔ richten ihr gesamtes Leben nach dem Mond aus. Die Haare etwa werden nur bei Halbmond geschnitten. Allerdings (leider!) nicht vom Friseur, sondern von einer anderen Esoterikerin.
- ➔ stehen auf Sex. Aber nur in den superkomplizierten Stellungen des Kamasutra: »Schatz, könntest du jetzt bitte noch deine Beine hinter meinem Kopf überkreuzen.«
- ➔ kennen ihren G-Punkt.
- ➔ haben multiple Orgasmen.
- ➔ stöhnen tierisch laut.
- ➔ gehen zu Gurus, um sich mal wieder ordentlich durchnudeln zu lassen.

Ex-Freunde

- ➔ sind jetzt mit einer totalen Scheiß-Tussi zusammen.
- ➔ sind unausstehlich. Totale Katastrophen-Typen. Vollkommen unerklärlich, wie man es so lange mit ihnen ausgehalten hat.

Ex-Freundinnen

- ➔ sind jetzt mit einem totalen Scheiß-Typen zusammen.
- ➔ haben versprochen: »Lass uns Freunde bleiben!« und danach nie wieder angerufen.
- ➔ sind hässlich geworden. Und dicker.
- ➔ liebt man nicht mehr. Kein bisschen. Überhaupt kein Stück. Nicht mal ein klitzewinziges bisschen. Seufz.

F

Fahrlehrer FDP-Mitglieder Feen
Feinschmecker Feministinnen
Fernsehmechaniker
Feuerwehrmänner Formel-1-Piloten
Forscher Fotografen Fotomodels
Franken Franzosen Frauen Frauen in
den Wechseljahren
Freunde/Freundinnen Friseure
Friseusen Fußballfans
Fußballkommentatoren
Fußballspieler Fußballtrainer

Fahrlehrer

- haben ein beneidenswertes Leben an der Seite 18-jähriger Mädchen.
- müssen ihr Leben lang neben Frauen sitzen, die nicht fahren können.
- verwechseln den Knauf der Gangschaltung mit dem Knie ihrer Fahrschülerin.
- müssen ihr Leben lang neben 18-jährigen Rowdys sitzen, die schon mit dem eigenen Auto zur Fahrprüfung erscheinen, sich aber die Rechts-vor-links-Regel nicht merken können.
- haben ihre Fahrschule mit orangefarbenen Plastikstühlen und braunen Stahlrohrtischen identisch eingerichtet. Außerdem stehen staubige Schautafeln aus der Prähistorie der Automobilära herum.

FDP-Mitglieder

- sind steinreiche Unternehmer und deren Erbsöhnchen, die eigentlich nur ein politisches Ziel verfolgen: Keine Steuern zahlen.
- legen sich mit jeder Partei ins Koalitionsbett.
- streiten sich vor der Wahl wegen irgendeinem Blödsinn mit ihrem Koalitionspartner und drohen mit dem Austritt aus der Regierung, um den Wählern zu beweisen, wie wichtig und eigenständig sie sind und wie kompromisslos sie ihre Ideen in die Koalition einbringen.
- finden Forderungen der Gewerkschaft nach 0,3 Prozent Lohnerhöhung unverschämt. Das könnte sich schließlich negativ auf den Aktienmarkt auswirken.

Feen

➔ gewähren drei Wünsche.

Feinschmecker

➔ essen Speisen nur, wenn sie so oder so ähnlich klingen: Gestürzte Pancharde vom 23 Tage alten ligurischen Kapaun im eigenen Söckchen geschmort und mit Spätburgunder gefreit. Verfeinert mit Ludwig-XIV-Kroketten und lebendem Seegras-Balsamico und abgestimmt mit von jungfräulichen Betschwestern der heiligen Sieglinde fußgerupftem Petersil.

➔ gurgeln Wein und spucken ihn in einen Eimer. Behaupten nachher, sie hätten noch nie so guten Wein getrunken wie diesen.

➔ prahlen auf Partys mit fundiertem Wissen.
Sie erzählen, dass sogar die Form des Destillierkessels den Geschmack des Whiskeys beeinflusse.
Nicht-Feinschmecker finden allerdings, dass Whiskey – unabhängig von der Form des Destillierkessels – nach öliger Seife schmeckt.

➔ lagern ihren Wein auf Sand – wegen der Vibrationen von der Straße, die an ihrem Haus vorbeiführt.

Feministinnen

➔ sind leicht am Doppelnamen zu erkennen.

➔ sind leicht mit den Lesben zu verwechseln.

➔ bekämpfen die himmelschreiende Ungerechtigkeit, dass Tiefdruckgebiete immer einen weiblichen Namen bekommen haben. Es ist der größte und einzige Erfolg der

Frauenbewegung, dass Tiefdruckgebiete jetzt auch männliche Namen haben.

- ➔ empfinden es als weitere Ungerechtigkeit, dass sie ständig auf Frauenklos warten müssen, während die Männertoiletten frei sind.
- ➔ erkennen periodisch wiederkehrend eine brutale sexuelle Ausbeutung in der Unterwäschewerbung von H & M.
- ➔ finden es besonders schlimm, wenn Männer mit Kinnbart der Öffentlichkeit offenbaren, dass sie unten einen stehen haben.
- ➔ finden es sexistisch, dass auf dem Verkehrsschild, das Radwege kennzeichnet, ausschließlich ein Herrenfahrrad abgebildet ist.
- ➔ verleugnen den vaginalen Orgasmus.

Fernsehmechaniker

- ➔ werben damit, dass die Anfahrt für die Fernsehreparatur nur eine Mark kostet. In der Wohnung stellen sie fest, dass sie den Fernseher nicht vor Ort reparieren können, sondern mit in die Werkstatt nehmen müssen. Die Rückfahrt kostet 150 Mark.
- ➔ sind in Wirklichkeit getarnte Fernsehverkäufer. Eine Woche nachdem sie den Fernseher aus dem Haus entführt haben, rufen sie an und behaupten, dass die Reparatur des gerade zwölf Monate und einen Tag alten Geräts (die Garantie ist nach einem Jahr abgelaufen) so teuer würde, dass es besser wäre, ein neues zu kaufen. Zufällig hätten sie da gerade ein ganz günstiges Angebot und nähmen das kaputte Gerät auch noch in Zahlung.

Feuerwehrmänner

➔ wollten schon als Kinder unbedingt Feuerwehrmänner werden.

Formel-1-Piloten

➔ tragen während des Rennens Windeln, damit sie nicht ins Cockpit pinkeln.
➔ hassen die Champagnerdusche auf dem Siegerpodest, weil sie danach ganz klebrig sind.
➔ fallen nach einem Rennunfall ins Koma. Wenn sie endlich aufwachen, wollen sie sofort wieder Rennen fahren.
➔ würdigen die Mädels, die leicht bekleidet in der Boxengasse herumlungern, keines Blickes. Auf Nachfrage der Reporter antworten sie: »Da war nichts!« Und fügen hinzu: »Wir waren nur zusammen Abend essen.«
➔ fahren in Autos, deren kleinste Schraube tausend Mark kostet. Sie ist perfekt wie jedes andere Teil auch. Dass der Motor des Wagens trotzdem in der fünften Runde explodiert, liegt daran, dass die Mechaniker die Schraube nicht fest genug angezogen haben.
➔ werden mit jedem Kind eine halbe Sekunde langsamer.

Forscher

➔ tragen einen weißen Laborkittel, haben eine Halbglatze und wirres Haar.
➔ arbeiten 18 Stunden am Tag. Sieben Tage in der Woche. Nach elf Jahren derart intensiver Forschung finden sie heraus, dass die Fragestellung falsch war und sie noch mal von vorne anfangen müssen.

FOTOGRAFEN BEHAUPTEN, DASS AUS DER KAMERA GLEICH EIN VÖGELCHEN HERAUSKOMMT.

FOTOMODELS ...

... SIND NEBEN ALKOHOL UND GLATTEIS
DIE HÄUFIGSTE URSACHE FÜR AUTOUNFÄLLE.

- ➔ machen einen verwirrten Eindruck und sind außerhalb ihres Labors weitgehend lebensunfähig.
- ➔ können sich nur über ihr Forschungsthema unterhalten. Sie kennen ein einziges Eiweiß, von allem anderen auf der Welt haben sie keine Ahnung.
- ➔ erfinden die Atombombe und glauben, dass man sie auch zum Wohle der Menschheit einsetzen kann.
- ➔ stellen die völlig falschen Fragen. So haben sie sich immer noch nicht damit beschäftigt, wo sich junge Mücken abends getroffen haben, als es noch keine elektrischen Lampen gegeben hat.

Fotografen

- ➔ schaffen es, dass man auf Passbildern grundsätzlich blöd aussieht.
- ➔ reden kleinen Kindern ein, dass aus der Kamera gleich ein Vögelchen herauskomme.
- ➔ hängen Bilder von Brautpaaren ins Schaufenster, die so abschreckend sind, dass nur Omas in den Laden kommen, die ihre Fotos von der letzten Kaffeefahrt zum Entwickeln bringen.

Fotomodels

- ➔ sind magersüchtig.
- ➔ werden in der U-Bahn von einem Model-Scout entdeckt.
- ➔ Der Scout übernimmt nicht nur das Management, sondern auch das Marketing und die Entjungferung.
- ➔ lächeln in Dessous von H & M-Werbepostern und sind

damit neben Alkohol und Glatteis die häufigste Ursache für Autounfälle.

- ➔ nehmen zum ersten Fotoshooting ihre beste Freundin mit, weil sie Angst haben, dass ihr Entdecker gar kein Entdecker ist, sondern nur billig an Nacktfotos kommen will.
- ➔ schlafen mit den Fotografen.
- ➔ erklären in Interviews, dass sie sich selbst eigentlich gar nicht so schön finden.
- ➔ erklären in Interviews, dass sie eigentlich viel lieber Schauspielerinnen werden möchten.
- ➔ erklären in Interviews, dass sie es in Ordnung fänden, sich nackt fotografieren zu lassen, aber nur solange es ästhetisch ist.

Franken

- ➔ sind spießige Altnazis mit Grauen erregendem Dialekt, die die besten Würstchen und Lebkuchen, aber den schlechtesten Fußballverein der Welt haben.

Franzosen

- ➔ tragen ein Baguette unterm Arm.
- ➔ spielen im Stadtpark Boule.
- ➔ guillotinieren ihre Könige.
- ➔ sprechen keine Fremdsprache. Sprechen sie eine Fremdsprache, dann mit so heftigem Dialekt, dass sie niemand versteht.
- ➔ träufeln ihren Babys Wein ins Milchfläschchen, damit sie besser schlafen.
- ➔ drehen Filme, bei denen eine bleiche Frau minutenlang im

Zug aus dem Fenster schaut oder mit einer Kaffeetasse in der Hand in die Leere blickt. Anschließend sagt sie mit bebender Stimme: »Ich kann Jean-Jacques nicht verzeihen.«

➔ reden noch schneller, wenn ein Ausländer sie bittet, einen Satz zu wiederholen, den er nicht verstanden hat.

Frauen

➔ kaufen sich Frauenzeitschriften, um zu sehen, was sie dieses Jahr alles mit ihrer Figur mal wieder nicht tragen können.

➔ duschen so heiß, dass es im Badezimmer eine halbe Stunde neblig ist.

➔ heben Miniröcke auf, weil sie glauben, die würden irgendwann wieder in Mode kommen. Dann sind sie aber zu eng.

➔ versuchen stundenlang das Essiggurkenglas aufzumachen. Wenn sie es dann verzweifelt ihrem Mann geben, geht es ohne Probleme auf.

➔ föhnen sich im Bad, bis es nach verbrannten Haaren riecht.

➔ haben Lippenstift auf den Zähnen.

➔ wollen am Frühstückstisch unbedingt einen wahnsinnig spannenden Traum erzählen, können sich dann aber nicht mehr daran erinnern.

➔ halten es für ganz normal, dass Bikinis, die aus drei Quadratzentimeter Stoff bestehen, 90 Mark kosten.

➔ gehen auf Partys gemeinsam auf die Toilette.

➔ schreien vor Schmerzen, und wenn man ihnen dann zu Hilfe springt, erklären sie, dass sie sich die Beine epilieren und man sofort aus dem Bad verschwinden soll.

- ➔ machen beim Einparken die Tür auf, um besser zu sehen.
- ➔ bitten den Beifahrer, sie in die Parklücke hineinzuwinken.
- ➔ halten einen abgebrochenen Fingernagel für eine ernsthafte Verletzung.
- ➔ probieren in der Boutique zuerst Größe 36, obwohl die ihnen noch nie gepasst hat.
- ➔ verlieben sich in die größten Idioten. Ist ein Mann höflich und aufgeschlossen, finden sie ihn uninteressant.
- ➔ können sogar ohne Handtuch einen nassen Bikini gegen einen trockenen Bikini wechseln, ohne dass etwas zu sehen ist.
- ➔ kommen kaum hinterher und schimpfen ihren Mann: »Renn doch nicht so!«
- ➔ können keinen Stadtplan lesen. Haben außerdem eine Rechts-links-Schwäche und sind somit als Beifahrer völlig unbrauchbar.
- ➔ müssen dringend auf die Toilette, sobald man auf die Autobahn fährt.
- ➔ kaufen sich titanbeschichtete Profi-Sprint-Rennschuhe mit Neon-Argon-Sohlenpolsterung von Nike für 400 Mark, um damit in die Disko zu gehen.
- ➔ machen Diät, obwohl sie gar nicht dick sind.
- ➔ haben nie Lust auf Sex, es sei denn, im Fernsehen läuft Fußball.
- ➔ fragen ihren Mann alle fünf Minuten: »Hast du mich noch lieb?« Sagt er »Ja!«, folgt eine stundenlange Diskussion darüber, warum er das denn nie sage. Sagt der Mann zum Spaß »Nein!«, glaubt die Frau ihm sofort. In beiden Fällen ist die Frau nur mit Geschenken zu versöhnen.
- ➔ behaupten, dass sie beim Mann nicht zuerst auf den Po oder die Brieftasche schauen, sondern auf die Hände.

WIESO STARRST DU DENN STÄNDIG AUF MEINEN TELLER?
TELLER? WELCHER TELLER?
S.HAAS

Schließlich sind die Hände das Einzige, was sie morgens zu sehen bekommen, wenn er die Zeitung liest.

- ➔ haben eine beste Freundin, mit der sie drei Stunden am Tag telefonieren.
- ➔ schimpfen ihren Mann, weil er die Fernbedienung nicht hergibt und jedes Fußballspiel sehen will.
- ➔ treffen sich abends mit Männern, die angeblich schwul sind.
- ➔ rufen samstags zwischen 18 und 20 Uhr an und merken nicht, dass sie stören.
- ➔ achten beim Autokauf zuerst darauf, ob sich hinter der Sonnenblende auf dem Fahrersitz auch ein Schminkspiegel befindet.
- ➔ kaufen sich Unterwäsche, die unheimlich sexy aussieht, die aber kein Mann zu öffnen im Stande ist.
- ➔ können einen ganzen Abend schlecht gelaunt sein, weil sie bemerkt haben, dass es zu spät ist, um Clark Gable zu heiraten.
- ➔ werden wütend, wenn auf einer Party eine andere Frau das gleiche Kleid trägt.
- ➔ glauben, dass Diäten funktionieren, bei denen man abnimmt, ohne weniger zu essen.
- ➔ klagen über zu dünne Haare.
- ➔ klagen über Haarausfall.
- ➔ behaupten dennoch, dass es die Haare des Mannes sind, die den Abfluss verstopfen.
- ➔ fahren auf der Autobahn dauernd auf der Mittelspur.
- ➔ können Abseits nicht erklären.
- ➔ glauben, sie könnten Männer ändern.
- ➔ glauben, dass Männer sie zum Abendessen einladen, weil sie mit ihnen zu Abend essen wollen.

- ➔ fragen: »Hörst du mir überhaupt zu?« Antwortet der Mann: »Selbstverständlich, Schatz«, legen sie nach: »Und was habe ich gerade gesagt?«
- ➔ essen Nutella mit dem Löffel.
- ➔ fangen spätabends Diskussionen über Beziehungsprobleme an, wenn er todmüde ist und sich nicht wehren kann.
- ➔ wünschen sich jedes Jahr Schmuck und legen ihn dann doch nur in die Schatulle.
- ➔ sagen: »Ich bin in einer Minute fertig« und meinen: »Es dauert noch mindestens eine halbe Stunde.«
- ➔ halten Diamanten für unvergänglich, nicht aber den älteren Herrn, der sie schenkt.
- ➔ laufen mit Minirock und tiefem Dekolleté durch die Gegend und schimpfen, wenn ihnen die Männer hinterherschauen.
- ➔ laufen mit Minirock und tiefem Dekolleté durch die Gegend und ärgern sich, wenn ihnen die Männer nicht hinterherschauen.
- ➔ bestellen Salat mit kalorienfreiem Dressing und naschen die Pommes frites mit Mayonnaise vom Teller ihres Freundes.
- ➔ sagen »vielleicht« und meinen »nein«.
- ➔ gehen in Boutiquen zielstrebig aufs teuerste Kleid zu und verlieben sich darein.
- ➔ ziehen das teure Kleid später nicht an, bloß weil eine Freundin gesagt hat, es würde sie etwas dick machen.
- ➔ fragen nach dem Sternzeichen. Sagen dann am Morgen danach: »Eigentlich passen wir gar nicht zusammen.«
- ➔ sagen: »Wir brauchen« und meinen: »Ich will.«

- ➔ sagen: »Findest du die Spülmaschine nicht auch etwas laut?« und meinen: »Ich will eine neue Spülmaschine.«
- ➔ gehen in die Stadt, um sich Unterwäsche zu kaufen, und kommen mit einem Abendkleid samt Schuhen und Hut nach Hause. Beklagen sich, dass sie nicht mehr genug Geld für Unterwäsche haben.
- ➔ bringen Edgar-Postkarten mit, wenn sie in der Kneipe von der Toilette kommen.
- ➔ schreiben sich bei den nichtigsten Anlässen ellenlange Briefe.
- ➔ fragen: »Können wir nicht einfach Freunde sein?« und meinen: Niemals wird ein Körperteil von dir ein Körperteil von mir berühren.
- ➔ kleistern sich, um schöner zu werden, Quark-Gurken-Masken aufs Gesicht, bei deren Anblick selbst Marsianer erschrecken.
- ➔ verstecken ihren Liebhaber im Schrank.
- ➔ springen auf den Küchenschemel und schreien, wenn sie eine Maus sehen.
- ➔ quengeln seit einem halben Jahr, dass der Mann versprochen habe, die quietschende Tür vom Küchenschrank zu reparieren.
- ➔ drücken ihren Männern gerne Pickel aus.
- ➔ lieben es, Eierlikör aus Schokoladenbechern zu trinken.
- ➔ täuschen den Orgasmus vor.
- ➔ haben schiefe Zehen von den engen Schuhen, in die sie sich immer quetschen.
- ➔ haben Angst vor Spinnen. Sie trauen sich nicht, die Spinne mit einem Besen totzuschlagen. Deshalb saugen sie die Spinne mit dem Staubsauger weg, haben aber tagelang Angst, dass sie wieder rauskriechen könnte.

Frauen in den Wechseljahren

- ➔ sind eine Teilmenge der Esoterikerinnen.
- ➔ ärgern sich darüber, dass das Medikament gegen Altern und Falten erst erfunden wird, wenn sie schon achtzig sind.
- ➔ schwitzen ständig.
- ➔ finden es schrecklich, dass sie keine Kinder mehr bekommen können. Die fünfzig Jahre davor waren sie überglücklich, dass sie von den Quälgeistern verschont geblieben sind.
- ➔ lesen unzählige Selbsthilfebücher und glauben, sie hätten ihnen tatsächlich geholfen. Laufen deshalb dümmlich lächelnd durch die Gegend.
- ➔ kleiden sich wieder wie Teenager.

Freunde/Freundinnen

- ➔ würden ihr Leben geben, um deines zu retten. Weigern sich aber, dir für einen Tag ihren Wagen zu leihen.
- ➔ fragen: »Geht es dir nicht gut?«, wenn du dich gerade unheimlich attraktiv fühlst.
- ➔ sind für dich da, wenn es dir schlecht geht.
- ➔ wissen, dass dein Partner fremdgeht, verraten es dir aber nicht.
- ➔ erzählen deinem Partner brühwarm, wenn du fremdgehst.
- ➔ gehen mit deinem Partner fremd.
- ➔ sagen: »Du hast vollkommen Recht. Dein Chef ist ein ungerechter Idiot«, obwohl sie wissen, dass die Kündigung absolut gerechtfertigt war.
- ➔ fallen jedes Mal wieder auf dieselben unmöglichen Typen/Schlampen herein.

- haben nervige Vögel und haarige Katzen, auf die du aufpassen musst, wenn sie in Urlaub fahren. Und sie fahren ziemlich oft in Urlaub.
- fahren nach Amerika und bringen billige Jeans und Turnschuhe mit. Nur passen die dann leider nicht.
- lassen deine Blumen und deinen geliebten Bonsai-Baum verdursten, während du im Urlaub bist.

Friseure

- sind schwul.
- heißen Detlev, Kai oder Jens.
- spreizen den kleinen Finger beim Schneiden ab.
- erfinden für ihre Läden Namen mit erbärmlichen Wortspielen. Am beliebtesten sind: Kaiserschnitt, Fortschnitt, Haareszeit, Haar-Monie und Haarscharf.
- föhnen nach dem Schnitt eine halbe Stunde, schmieren Gel, Haarspray, Haarfestiger und Schaum ins Haar, bis die Frisur echt toll aussieht. Zu Hause kriegt man das nie wieder so hin.
- haben Kataloge von gut aussehenden Models mit tollen Frisuren. Wählt man eine schicke Frisur aus, sieht man hinterher aus wie Helga Beimer im Abendkleid von Cindy Crawford.
- wickeln einem kratzendes Krepp-Papier um den Hals. Danach hat man aber trotzdem Haare im Pulli.
- diagnostizieren eine schlechte Struktur des Haares und verordnen Vitamin-E-Pflege-Balsam, Aloë-Vera-Spülung, Bierhefe-Kur und Kleie-Lotion. Die rettenden Produkte sind ganz zufällig bei ihnen zu einem sündhaften Preis käuflich zu erwerben.

- ➔ sind die einzigen Menschen auf der Welt, denen man ein Leben lang treu bleibt. Seinen Friseur wechseln ist ein bisschen wie sterben.

Friseusen

- ➔ heißen Brigitte, Nicole oder Susi.
- ➔ stellen sich hinter den Stuhl und fragen: »Wie darf ich es dir machen?«
- ➔ sind blond oder blondiert.
- ➔ finden Permanent-Make-up toll.
- ➔ rupfen sich die Augenbrauen aus und zeichnen sich selbst welche, die fast bis zu den Ohren gehen.
- ➔ verlieben sich in Proleten.
- ➔ geben beim Haarewaschen gerne mal eine Kopfmassage, die strafrechtlich bereits unter sexuelle Nötigung fällt.

Fußballfans

- ➔ haben lange Haare und unreine Haut. Besonders unattraktiv sind weibliche Fußballfans.
- ➔ tragen eine Jeansjacke, die über und über mit aufgenähten Fanzeichen verziert ist. Außerdem tragen sie einen Fanschal, eine Fanmütze und Fansocken. Nachts schlafen sie in einer Fanbettwäsche und morgens trinken sie ihren Kaffee aus einer Fankaffeetasse.
- ➔ trinken nur Bier und essen Bockwürste mit Senf. Davon bekommen sie die unreine Haut.
- ➔ haben in jeder Fankurve einen Vorsinger. Das ist derjenige, der den Schiri als erster scheiße findet.
- ➔ finden den Schiri schwul.

➔ fahren Opel.
➔ haben einen »Bitte nicht hupen ... der Fahrer träumt vom ...«-Aufkleber auf ihrem Auto. Hupt man trotzdem, kurbeln sie das Fenster runter und erklären in bester Fußballfan-Manier: »Hey, du blödes Arschloch, verpiss dich oder ich hau dir eine auf die Schnauze.«
➔ reisen jedes zweite Wochenende mit dem Zug zum Auswärtsspiel, wo sie sich schon im Bus so voll laufen lassen, dass sie sich nur mit letzter Kraft ins Stadion schleppen und keine Sekunde vom Spiel mitkriegen.
➔ finden es einen ausreichenden Grund, sich zu schlägern, dass der Gegner Fan eines anderen Fußballvereins ist.
➔ haben einen Lieblingsspieler, den sie verehren und in dessen Trikot sie nachts schlafen.
➔ werfen mit Bananen nach Oliver Kahn: Nur die Fans aus Rostock bringen das nicht übers Herz.
➔ wissen, wo das Auto des Schiedsrichters steht.
➔ weinen drei Wochen lang, wenn ihr Team absteigt.
➔ merken beim Torjubel nicht, dass sie einen vollen Becher Bier in der Hand halten. Nach dem Jubeln ist der Becher leer. Gerne machen sie mit einem knallvollen Bierbecher auch die Welle mit.
➔ haben ein fest umrissenes Weltbild. Rostock-Fans kommen aus dem Osten und leben auf unsere Kosten. Schalke-Fans verzichten auf eine Spenderniere, wenn sie von einem Dortmund-Fan kommt.

Fußballkommentatoren

➔ haben keine Ahnung von Fußball.

- ➔ diagnostizieren einen unnötigen Ballverlust. Gibt es einen nötigen Ballverlust?
- ➔ sagen: »Die nachfolgende Ecke brachte nichts ein.«

Fußballspieler

- ➔ sind keine großen Freunde des Taschentuchs, wozu gibt es schließlich den Rasen.
- ➔ werden am Meniskus operiert, an der Leiste, zerren sich ihre Adduktoren, reißen sich ihre Kreuzbänder, prellen sich ihre Waden, werden aber einfach fit gespritzt und können spielen.
- ➔ beginnen jede ihrer Antworten auf eine Frage des Reporters mit: »Ja, gut ...«
- ➔ gehen nie zum Schiedsrichter, um ihm zu sagen, dass das eben kein Foul vom Gegenspieler war.
- ➔ machen ihr ganzes Leben nichts anderes als Fußball spielen und schießen bei Weitschüssen trotzdem regelmäßig in die Tribüne.
- ➔ bewegen in der Nationalmannschaft bei der Hymne nur stumm die Lippen, weil sie sich den Text nicht merken können.
- ➔ werden für eine Wurstsemmel und ein Flugticket im Kindesalter aus Afrika geholt und ein paar Jahre später für 59 Millionen Mark an ein englisches Team verkauft.
- ➔ werden nach ihrer Karriere Fernsehkommentatoren, wo sie für 80 000 Mark pro Spiel allgemein gültiges Blabla verbreiten.
- ➔ trinken Pausentee.
- ➔ sind auch abends auf Galadiners im Anzug leicht zu erkennen: am Uhlsport-Aufdruck auf dem Hemdkragen.

FUSSBALLFANS MERKEN BEIM TORJUBEL NICHT, DASS SIE EINEN VOLLEN BECHER BIER IN DER HAND HALTEN.

- ➔ werden nach ihrem Karriereende als Sportdirektor zwischengeparkt, bis sie ihre Lottoannahmestelle aufgemacht haben.
- ➔ ziehen ihren Gegenspieler fest am Trikot. Sobald der endlich hingefallen ist, heben sie die Arme, um aller Welt zu zeigen, dass sie den Mann nicht eine Sekunde lang berührt haben.
- ➔ sind mit Spielerfrauen verheiratet.
- ➔ geben auf die Frage: »Warum habt ihr zu Hause 4:0 verloren?« folgende Antworten: »Wir sind nicht aggressiv genug in die Zweikämpfe gegangen ... haben unsere Chancen nicht genutzt ... haben es nicht geschafft, das Spiel über 90 Minuten zu kontrollieren.« – »Der Schiri ist schuld ... das gegnerische Tor war abseits ... hätten wir vorher den Elfmeter gekriegt ... unser stärkster Spieler war verletzt (gesperrt) ... ausgepowert, weil das Mittwochspiel im Europacup so anstrengend war ... von den Fans im Stich gelassen ...«

Fußballtrainer

- ➔ haben auch nach der zehnten Niederlage in Folge die volle Rückendeckung des Präsidiums.
- ➔ werden, eine Stunde nachdem der Präsident gesagt hat, dass der Trainer die volle Rückendeckung des Präsidiums besitze, entlassen.
- ➔ erfahren von ihrer Entlassung aus dem Radio.

G

Gäste Gangster
Gebrauchtwagenhändler
Gefängnisinsassen
Geiselnehmer
Geschwister, ältere
Geschwister, jüngere
Gewichtheber Griechen
Grüne-Mitglieder

Gäste

- ➔ reagieren nicht einmal nachts um vier auf ein tiefes Gähnen und die Frage des Gastgebers: »Huch, ist das schon spät geworden. Müsst ihr morgen auch so früh raus?«
- ➔ verschütten ihren Rotwein auf dem nagelneuen weißen Teppich und sagen, obwohl sie es besser wissen: »Das geht mit Salz wieder raus.«
- ➔ öffnen heimlich das Badezimmerschränkchen.
- ➔ fragen den Gastgeber: »Darf ich mal kurz telefonieren?« Rufen dann eine Freundin auf dem Handy an, die gerade Liebeskummer hat, und trösten sie zwei Stunden.
- ➔ trudeln ein.
- ➔ verbrauchen unglaubliche Mengen Klopapier.
- ➔ kommen auf die Party, bringen einen billigen Wein mit. Essen und saufen aber für den Gegenwert von 80 Mark.
- ➔ drücken ihre Kippen im Topf des Bonsai-Bäumchens aus.
- ➔ sind eigentlich gar nicht eingeladen. Haben aber Krach auf der Straße gehört und sich gedacht: Da scheint eine gute Party zu sein, da schauen wir mal vorbei.

Gangster

- ➔ sind pockennarbige Gestalten, die zumeist Schwarz tragen und stark rauchen.
- ➔ stammen aus schwierigen Familienverhältnissen: Der Vater ist Alkoholiker, schlägt die Mutter und misshandelt die Kinder sexuell. Die Schwester geht auf den Strich, der Bruder ist heroinabhängig. Die Omi hat sich das Leben genommen, Opa saß insgesamt 43 Jahre im Gefängnis. Alle sind Schalke-Fans.
- ➔ haben folgende Lieblingssätze: »Ich war's nicht!«, »Ich will

sofort meinen Anwalt sprechen!« und »Ich war betrunken, ich kann mich gar nicht mehr erinnern, wie ich die Bank ausgeraubt habe.«

- ➔ sind noch dämlicher als die Polizeibeamten, die sie jagen.
- ➔ fahren Autos, die bei Verfolgungsjagden sofort explodieren, wenn sie mit Schrittgeschwindigkeit gegen eine Mauer fahren. Sonst fahren sie vorzugsweise auf engen Serpentinenstraßen, auf denen es ein Leichtes ist, sie von der Fahrbahn zu schubsen.
- ➔ verstecken ihre Maschinengewehre im Geigenkasten.
- ➔ besorgen sich von ihren absolut unglaubwürdigen, zehnmal vorbestraften Gangsterfreunden ein Alibi und kommen damit vor Gericht durch.
- ➔ werden von Polizisten erschossen, weil sie in ihre Mantelinnentasche greifen und die Beamten glauben, sie greifen nach ihrer Waffe. Tatsächlich wollten sie nur ihr Portemonnaie zücken.
- ➔ zählen bei einer Schießerei mit, wie oft der Polizist abgedrückt hat. Sind sie bei sechs angekommen, kommen sie selbstbewusst aus ihrer Deckung, was sich als Fehler herausstellt. Variante 1: Der Cop zieht eine zweite Knarre. Variante 2: Der Gangster hat sich verzählt. Variante 3: Die Waffe des Cops hat acht Schüsse.

Gebrauchtwagenhändler

- ➔ tragen schwarze Cowboystiefel mit weißen Zierapplikationen, eine diamantumrandete Porschebrille, deren Gläser von unten nach oben dunkler werden, und ein mintfarbenes Hemd, das bis zum Bauchnabel aufgeknöpft ist.

- sind Gangster. »Unfallwagen? Nee, nee, der Wagen hatte keinen Unfall. Die Schweißnaht auf dem Motorblock muss so sein.«
- wissen, wie man Tachos zurückdreht.
- behaupten, dass der Wagen nur einen Vorbesitzer hatte, und der war ein Inspektionsfreak, der an keiner Waschstraße vorbeifahren konnte und den Wagen nur in der Garage geparkt hat.
- gehen mit dem Preis um ein paar tausend Mark runter: »Weil Sie es sind!«

Gefängnisinsassen

- ritzen jeden Tag einen Strich in die Wand ihrer Zelle.
- türmen mit einem Seil aus zusammengeknoteten Bettlaken über die Mauer.
- graben jahrelang mit einem Löffel einen Tunnel zum Ausbrechen. Dabei verrechnen sie sich und landen im Gefängnishof.
- lassen sich von ihrem Anwalt Drogen in die Zelle bringen.
- bekommen von Mutti einen Geburtstagskuchen, in dem eine Feile versteckt ist.
- werden in der Dusche von einem brutalen Mitgefangenen vergewaltigt, wenn sie sich nach der Seife bücken.
- kleben Tüten oder arbeiten im Steinbruch und bekommen dafür 50 Pfennig in der Stunde .

Geiselnehmer

- sind entweder spielsüchtige Ruhrpott-Proleten oder

fundamentalistische Libanesen, die sich auf Flugzeugentführungen spezialisiert haben.

- sind schlecht gekleidet, haben eine undeutliche Aussprache und schwitzen stark.
- müssen entscheiden, ob es stimmt, dass über die Hälfte der Geiseln Diabetes hat und dringend ärztliche Versorgung braucht.
- geben meistens auf, wenn ihnen ein Polizeipsychologe erklärt, dass sie dann garantiert nicht ins Gefängnis kommen. Das ist natürlich gelogen.
- verlangen Geld in nicht numerierten, kleinen gebrauchten Scheinen. Nehmen grundsätzlich keine Schecks.
- behaupten, sie hätten noch eine Bombe in der Tasche. Später stellt sich heraus, dass es nur ein alter Reisewecker war, um den sie ein paar Drähte gewickelt haben.

Geschwister, ältere

- quälen ihre jüngeren Geschwister. Zum Beispiel machen sie mit ihnen Muskelreiten. Um das jüngere Geschwister zu foltern, sammelt das ältere Geschwister Spucke im Mund und lässt einen langen Faden raushängen.
- wollen den kleinen Bruder oder die kleine Schwester nie zu ihren Freunden zum Spielen mitnehmen. Sie werden von den Eltern trotzdem dazu gezwungen und blamieren sich vor ihren Freunden.

Geschwister, jüngere

- lassen sich von dem älteren Geschwister überreden, nach

den Weihnachtsgeschenken zu suchen. Hinterher bekommen sie Gewissensbisse und petzen alles den Eltern.

- werden von den Eltern verhätschelt und bevorzugt.
- wollen immer mit den Spielsachen spielen, mit denen das ältere Geschwister gerade spielt.
- werden während der Pubertät von den älteren Geschwistern vollkommen ignoriert. Nach der Pubertät verstehen sich die Geschwister wieder prächtig.
- müssen die Sachen von den älteren Geschwistern auftragen.

Gewichtheber

- sind gedopte Bulgaren.
- laufen rot an, wenn sie das Gewicht stemmen, zittern und sehen so aus, als würden jeden Moment ihre Augen aus den Höhlen ploppen.
- springen wie Gummibälle durch die Gegend, wenn sie gewonnen haben.

Griechen

- haben viele gute Philosophen hervorgebracht. Und viele schlechte Schlagersänger.
- haben Handys und Lieblingsfortbewegungsmittel, die gleich heißen. Nämlich Motorola.
- leben in einer Hauptstadt, in der die Luftzirkulation so schlecht ist, dass man an manchen Stellen noch einen Furz von Aristoteles riechen kann.
- haben ein Nationalgericht, das so aussieht, wie es heißt: Moussaka.

- essen Ziegenkäse, trinken Ziegenmilch und tragen einen Ziegenbart.

Grüne-Mitglieder

- stricken auf dem Parteitag.
- folgen den Anträgen ihres Vorstandes nicht.
- nehmen Joschka Fischer übel, dass er jetzt gut gekleidet ist.
- verbieten ihren Kindern Kriegsspielzeug.

H

Handwerker Hausfrauen
Hausmänner Hausmeister
Hippies
Holländer Hundebesitzer
Hypochonder

Handwerker

- ➔ tragen einen Blaumann, den sie sich zu Beginn ihrer Lehre kaufen und bis zur Rente nicht waschen.
- ➔ haben nach einer halben Stunde Händewaschen immer noch schwarze Fingernägel.
- ➔ haben folgende Lieblingssätze: »Brauchen Sie unbedingt eine Rechnung?« – »Lassen Sie das doch gleich mitmachen, dann haben Sie garantiert erst mal ein paar Jahre Ruhe!« »Das sieht aber gar nicht gut aus.«
- ➔ sagen, dass sie zwischen 8 und 12 Uhr vorbeikommen werden, um die Waschmaschine zu reparieren, und sind um 16 Uhr immer noch nicht da.
- ➔ werden von lüsternen Hausfrauen zum Sex gezwungen.

Hausfrauen

- ➔ haben schlimme Feinde: Kalk, Milben und Gefrierbrand.
- ➔ verfärben die Unterhosen in einen zarten Rosa-Ton.
- ➔ bestellen bei Versandhäusern Blümchenkleider, die nicht passen und die sie deshalb dreimal zurückschicken müssen. Finden Versandhäuser trotzdem unheimlich praktisch.
- ➔ müssen nach jedem Waschgang den Verlust eines Sockens vermelden.
- ➔ kaufen Obdachlosen die neueste Ausgabe des Obdachlosenmagazins ab, ohne die Zeitung je zu lesen.
- ➔ wehren sich ständig gegen das Vorurteil, dass eine Hausfrau nichts zu tun habe. Sie kommen tatsächlich kaum noch dazu, täglich sechs Stunden Talkshows zu gucken. Die Lieblingsthemen sind dabei: »Ich find mich

nicht dick«, »Au weia, meine Renate staubsaugt nackt« und »Du bist schwerhörig, HÖRST DU!«

- ➔ überwachen die Nachbarn. Bringen ihrem Mann abends die Pantoffeln und das Bier ans Sofa und erzählen: »Du, die Müller von oben hat schon wieder was bei Quelle bestellt. Ich frag mich, wie die sich das leisten kann.«
- ➔ veranstalten Dessous-Partys, auf denen sich die weibliche Nachbarschaft mit scharfer Reizwäsche eindeckt. Beliebt sind auch Tupperware-Partys, wo das gesamte Haushaltsgeld in Plastikdosen investiert wird.
- ➔ putzen die Wohnung, bevor die Putzfrau kommt. Ihre große Sorge: »Was soll denn die von uns denken ...«
- ➔ sammeln jahrelang Treuepunkte für Joghurt und Cornflakes und tauschen sie schließlich in einen hässlichen Regenschirm.
- ➔ haben hinter den Büchern im Regal ein Fläschchen Likör versteckt, um es beim Putzen heimlich zu trinken.
- ➔ streiten mit den Nachbarinnen über den besten Tortenboden.
- ➔ rufen bei der Sendung *Tiere suchen ein Zuhause* an, um dem süßen Pitbullrüden Rudi ein neues Heim zu schenken, der auf einem Auge blind ist und jedes Kind unter zehn Jahren anfällt.
- ➔ haben Lieblingsromane, die immer folgende Passage beinhalten: »Dr. Sommer nahm Julia in seine kräftigen Chirurgenhände. Ein wohliger Schauer der Lust jagte ihr den Rücken herunter. Von diesem Augenblick hat sie so lange geträumt. Doch da stürzte Oberschwester Meisel in den Raum ...«
- ➔ machen mit ihren Freundinnen Sammelbestellungen bei Quelle, weil sie bei einer Bestellung ab 1000 Mark eine

HANDWERKER,
MORGENS HALB ZEHN IN DEUTSCHLAND.

praktische Antirutschmatte für die Badewanne kostenlos dazubekommen.

➔ gucken mit vierzig in den Spiegel und fragen sich, ob das jetzt alles gewesen sein soll im Leben.

Hausmänner

➔ sind froh, wenn sie wieder jeden Tag ins Büro dürfen.

➔ kaufen Kaffeefilter und Staubsaugertüten in der falschen Größe.

➔ kaufen nicht genug Klopapier. Deshalb heißt es mit heruntergelassener Hose Richtung Küche tippeln und Küchenrolle holen.

Hausmeister

➔ sind 60-jährige übellaunige Grobmotoriker mit Blockwartmentalität, die für den Schutz der Grasnarbe vor Fußball spielenden Kindern kämpfen und für die Toleranz gleichbedeutend mit Hausordnung ist.

Hippies

➔ sind langhaarige, ungekämmte Gestalten mit gelben Zähnen und Fingern. Ihre Kleidung kaufen sie in Designer-Läden für Siebzigerjahre-Trendbekleidung. Besonders schlimm sind Schlaghosen, Plateauschuhe, Rüschenhemden und Stirnbänder in psychedelischen Farben.

➔ behaupten, sie waren in Woodstock dabei.
Wären alle Hippies, die dies behaupten, auf dem

Festival gewesen, müssten 37 Millionen Leute da gewesen sein.

- ➔ sind umso cooler, je größere Joints sie bauen können.
- ➔ haben einen alten VW-Bus, den sie lustig anmalen und mit dem sie jeden Sommer nach Spanien fahren. An jeder Grenze werden sie von den Zöllnern herausgewunken und müssen sich von Drogenfahndern in den Hintern leuchten lassen.
- ➔ hören das *Köln Concert* von Keith Jarrett, liegen auf einer Flokati-Decke und erzählen sich gegenseitig, wie unheimlich stoned sie sind: »Oh Mann, bin ich breit!«
- ➔ machen tierisch auf Gemeinschaft. Doch wenn der Joint vorbeikommt, dann saugen sie, bis er tierisch heiß ist und die anderen nicht mehr drankommen.
- ➔ behaupten, dass sie keinerlei Persönlichkeitsveränderung durch den dauerhaften Drogenkonsum davongetragen haben. Fragt sich nur, weshalb sie sooooooooooo laaaannnngggsssaaaaam sprrreeeccchhheeeeeeen.
- ➔ leben nach dem Motto: »Wer zweimal mit der Gleichen pennt, gehört schon zum Establishment.« Dass es meist bei einmal bleibt, liegt allerdings nicht am promiskuitiven Wesen der Hippies, sondern an dem eigenartigen Zeug, das sie den ganzen Tag ununterbrochen plappern.
- ➔ mussten ihr Lebensmotto im Zeitalter der Geschlechtskrankheiten leicht modifizieren: »Wer immer mit derselben pennt, der weiß nicht, wie ein Tripper brennt.«
- ➔ haben eine Haschpflanze auf dem Balkon, die der Nachbar entdeckt, der sie deshalb bei der Polizei anzeigt. Vor Gericht geben sie an, die Hanfpflanze müsse wohl aus dem Vogelfutter gesprossen sein.

Holländer

- sind ein Volk aus Drogenabhängigen und Moderatoren.
- züchten Tomaten, die so groß werden wie Tennisbälle, in drei Tagen wachsen und in dem Moment, in dem man den Obstladen verlässt, matschig werden.
- sitzen den ganzen Tag in Koffie-Shops herum und kiffen.
- leben ständig mit der Bedrohung, dass die Deiche nicht halten. Die höchste Erhebung im Land sind die Brüste von Linda de Mol.
- fahren Fahrrad. Dabei haben sie mindestens fünf salamidicke Ketten dabei, um ihr uraltes Hollandrad abzuschließen. Trotzdem wird es fast jede Nacht gestohlen.
- tragen ihr Autoradio bei sich.
- bespucken Rudi Völler.
- fahren jeden Sommer 96 Stunden im Wohnwagen durch Mitteleuropa.

Hundebesitzer

- stehen mit ihrem Hund an der Ecke und blicken unschuldig in die Luft, wohl wissend, dass ihr Köter gerade mitten aufs Pflaster kackt.
- lassen sich von ihren Viren- und Bakterienherden ausgiebig das Gesicht beschlecken.
- besitzen Hunde, die einen gleich zur Begrüßung zwischen den Beinen beschnüffeln.
- besitzen Hunde, die umgehend damit beginnen, Sex mit dem linken Knie eines Besuchers zu machen.
- führen aggressive Köter spazieren. Meistens wäre der Maulkorb trotzdem besser beim Frauchen aufgehoben.
- halten ihren Hund für unglaublich klug, weil er mit dem

HUNDEBESITZER LASSEN IHRE HUNDE WILDFREMDE MITMENSCHEN ANFALLEN ...

Schwanz wedelt, wenn Frauchen das Hundefutter aus dem Schrank holt.

➔ spazieren mit ihren läufigen Hunden mitten durch den Park, bis die Hunde der gesamten Nachbarschaft samt ihren Besitzern durchdrehen.

➔ besitzen Hunde, die die Fußsohlen des Mannes abschlecken, während das Frauchen Sex mit ihm hat.

➔ reden stundenlang mit ihrem Hund. Dabei erzählen sie in der Wir-Form, was sie als Nächstes machen: »So, jetzt schauen wir mal, was es heute für ein feines Fressi Fressi gibt.«

➔ wollen nicht zugeben, dass der Hund bei ihnen im Bett schlafen darf.

➔ setzen ihren Hund auf der Fahrt in den Urlaub auf einem Autobahnparkplatz aus. Nach dem Urlaub holen sie sich einen neuen aus dem Tierheim.

➔ bezahlen für ihren Hund eine Bestattung auf dem Tierfriedhof, die 10 000 Mark kostet.

➔ haben Hunde, die so dumm sind, in der Küche stundenlang hechelnd um das Tischbein zu jagen, um ihren eigenen Schwanz zu fangen.

➔ lassen ihre Hunde wildfremde Menschen anfallen und geben dabei Ratschläge wie: »Sie dürfen keine Angst haben. Wenn er merkt, dass Sie Angst haben, dann beißt er!« Oder: »Der will doch nur spielen.«

➔ finden es ungerecht, dass Katzenbesitzer keine Katzensteuer bezahlen müssen.

Hundetypen und ihre Besitzer:

➔ Pitbullterrier / Mastino: Brutale Zuhälter

➔ Pudel: Tatterige Omas

- ➔ Dackel: Fidele Rentner im Trachtenjanker
- ➔ Windhunde: Gegelte Yuppies
- ➔ Bobtails: Ungekämmte Hippies mit acht Kindern
- ➔ Französische Bulldogge: Stilvolle ältere Damen
- ➔ Schäferhund: Gemäßigt rechtsradikale Wehrdienstabsolventen
- ➔ Yorkshire-Terrier: Aufgebrezelte Goldknopftussen
- ➔ Rehpinscher: Magersüchtige Frauen im Klimakterium
- ➔ Bernhardiner: Zufriedene Großfamilien aus dem Naturkostladen-Milieu

Hypochonder

- ➔ verlangen bei jedem Schnupfen gleich nach einer Computertomografie.
- ➔ sagen dreimal am Tag: »Lang mal meine Stirn an. Findest du nicht auch, dass ich leicht erhöhte Temperatur habe?«

I

Inder Indianer Ingenieure
Intellektuelle Internet-Freaks
IOC-Mitglieder Italiener

Inder

- ➔ leben mit 18 Geschwistern in einer Wellblechhütte im Slum. Zwölf Geschwister leben vom Betteln, der Rest verkauft gebrauchte Kämme und sammelt Zigarettenstumpen, um den Tabak wieder zu verwerten.
- ➔ essen so scharf, dass Nicht-Inder schon von einem Bissen eine mehrtägige Geschmackslähmung im Mund- und Rachenraum davontragen.
- ➔ haben die innovativste Bettlerbranche weltweit. Viele Bettler tragen die Beine um den Hals geschlungen oder beklagen eine fehlende Schädeldecke. Haben sie einen Touristen erspäht, robben sie so lange hinter ihm her, bis der Urlauber die Nerven verliert und Rupien rausrückt.
- ➔ sind extrem religiös. Als übliche Gottesverehrung gilt es, acht Jahre auf einem Bein zu stehen oder sich einen dicken Stein an den Penis zu hängen.
- ➔ lassen selbst auf Autobahnen heilige Kühe herumgehen, die sich äußerst langsam bewegen und Staus verursachen. Kühe sind die Holländer Indiens.
- ➔ sind arbeitslos und haben den ganzen Tag nichts zu tun. Aus Langeweile stellen sie für ihr Leben gern Guinness-Weltrekorde auf. Inder haben die längsten Haare und Fingernägel der Welt, sie sind Rekordhalter im Dauerduschen und Weitspucken. Ein Inder hat eine Erbse mit seiner Nase 48 Kilometer weit geschoben.
- ➔ machen in einem klapprigen Bus aus der englischen Kolonialzeit mit dem ganzen Dorf einen Ausflug an tausend Kilometer entfernte Strände, um sich Europäerinnen in Bikinis anzusehen.
- ➔ haben Atomwaffen, die mit an Sicherheit grenzender Wahrscheinlichkeit nicht funktionieren.

- sind so prüde, dass sie sich in der Öffentlichkeit nicht einmal die Hand geben dürfen. Auch die Filme sind sehr zurückhaltend. Immer, wenn eine Szene kommen sollte, in der sich die Menschen küssen, erfolgt ein Umschnitt, und man sieht einen Schmetterling, der sich auf eine Blume setzt.

Indianer

- lassen sich gepanschten Whiskey verkaufen und Gewehre, die nicht funktionieren.
- erscheinen urplötzlich in einer langen Reihe auf dem Kamm eines Berges.
- nehmen Leitern mit, um ein Fort zu überfallen. Während einer auf die Leiter klettert, warten die anderen unten, bis er in die ewigen Jagdgründe einzieht, sprich: erschossen wird. Dann klettert der nächste rauf.
- haben die Indianer wider Erwarten in einem Kampf die Oberhand gewonnen und den Gegner in eine aussichtslose Lage gebracht, erscheint mit Trompetenstößen von irgendwoher die Kavallerie.
- fallen nicht einfach vom Pferd, wenn sie erschossen werden, sondern verfangen sich im Sattel oder in einem Seil und werden kilometerweit über den staubigen Boden geschleift.
- lassen nur eine Wache bei den Gefangenen am Marterpfahl, während der ganze Stamm ums Lagerfeuer tanzt. Die Gefangenen und die Wache sitzen völlig im Dunklen am Rande des Indianerlagers, damit sich jeder unbemerkt anschleichen kann, um die Gefangenen zu befreien.

TJA, BLEICHGESICHT, AUS DER HEIRAT MIT MEINER TOCHTER WIRD LEIDER NICHTS, DEIN HUND HAT DAS KRIEGSBEIL WIEDER AUSGEGRABEN!
HUST HUST

INDIANER

➔ überfallen Siedlertrecks nur am hellichten Tage. Die Siedler haben genug Zeit, mit ihren Wagen einen Kreis zu bilden, um den die Indianer stundenlang herumreiten und sich wie Schießbudenfiguren abknallen lassen.

➔ rauchen die Friedenspfeife, nachdem sie das Kriegsbeil begraben haben. Bei den Friedensverhandlungen redet der Hauptmann des Forts eine Viertelstunde lang auf den Indianerhäuptling ein. Die Übersetzung in die Indianersprache ist nie länger als drei Worte. Der erste Satz des Indianerhäuptlings lautet: »Bleichgesicht reden mit gespaltener Zunge.« Danach wird das Kriegsbeil wieder ausgegraben – falls man es noch findet.

➔ verabreden sich mit der Liebsten zum Rendezvous: »Wenn der Mond dreimal über die Prärie gewandert ist.«

➔ treffen mit Pfeil und Bogen aus hundert Meter Entfernung den Stachel eines Kaktus. Mit dem Gewehr können sie einen Gegner nicht mal erschießen, wenn er vor ihnen am Boden liegt.

➔ sehen zerdrücktes Gras und sagen: »Vor drei Tagen ist hier ein Mann entlanggeritten. Er hat braune Haare, einen Ohrring und eine Schussverletzung am rechten Oberschenkel. Außerdem ist er Diabetiker, und er hat vier Goldnuggets in der linken Seitentasche seines Sattels versteckt.« Am Ende stellt sich heraus, dass sämtliche Voraussagen stimmen.

➔ brauchen keine Fahrpläne zu lesen. Sie legen einfach ihr Ohr auf die Eisenbahnschiene und wissen auf die Minute genau, wann der nächste Zug kommt.

➔ leben in Tipis. Vor den Indianerzelten sind Tierfelle und Skalps zum Trocknen aufgehängt.

➔ haben tolle Traumfänger erfunden, die über dem Bett

hängen und schöne Träume einfangen sollen. Das Einzige, was sich in diesem Esoterikzubehör verfängt, ist allerdings Staub.

➔ lassen sich nicht fotografieren, weil sie Angst haben, dass die Kamera ihnen die Seele raubt.

Ingenieure

➔ bauen Fernbedienungen für Fernsehapparate, die Knöpfe haben, die man nie braucht.

➔ haben es verpasst, Fernbedienungen zu bauen, die antworten, wenn man nach ihnen sucht.

➔ sind verantwortlich dafür, dass die Hälfte aller Fotokopien in die Mülltonne wandern, weil nicht genau angezeichnet ist, wo man das zu kopierende Papier hinlegen muss.

➔ sind schuld daran, dass man einen Geldschein mindestens zwanzigmal in den Schlitz schieben muss, bis ihn der Automat annimmt. Selbiges gilt für Münzen. Der durchschnittliche Raucher steht achtzig Stunden seines Lebens vor einem Zigarettenautomaten und reibt Zwei-Mark-Stücke, damit sie nicht mehr durchfallen.

Intellektuelle

➔ kauen am Bügel ihrer Brille und legen ihre Stirn in Falten.

➔ sind protestantische SPD-Wähler.

➔ streiten sich darüber, ob das Sein das Bewusstsein oder das Bewusstsein das Sein bestimmt.

➔ haben folgende Lieblingssätze: »Wie kann man es nur toll finden, wenn 22 Leute einem Ball hinterherrennen?«

»Du, Renate, findest du eigentlich auch, dass Norbert in letzter Zeit sehr nihilistisch geworden ist?«

- ➔ finden, dass gute Gespräche für eine Beziehung wichtiger sind als Sex.
- ➔ warten auf Godot.
- ➔ sind schlimme Geschmackspolizisten. »Also, wie kann man sich nur amerikanische Actionfilme anschauen. Da fehlt mir die Subtilität.«

Internet-Freaks

- ➔ bekommen die Telefonrechnung im Umzugskarton.
- ➔ haben ausschließlich Freunde, die ein @ im Namen tragen.
- ➔ verbringen die Nächte damit, den Zähler ihrer Homepage über die 2000 zu bringen.
- ➔ kennen sich im World Wide Web so gut aus, dass sie Suchmaschinen für unnötig halten.
- ➔ schauen lieber bei www.wetter.de nach als aus dem Fenster.
- ➔ beugen den Kopf zum Lächeln zur Seite.
- ➔ können so gut pfeifen, dass sie auch ohne Modem eine Verbindung zum Serviceprovider aufbauen können.
- ➔ haben eine Freundin, die nur ein JPEG ist.
- ➔ suchen auch im richtigen Leben nach dem Zurück-Knopf.
- ➔ kaufen sich ein Laptop, um auch auf der Toilette surfen zu können.

IOC-Mitglieder

- ➔ sind so alt wie die Olympischen Spiele (Athen, 1896).

- ➔ sagen nach den Spielen, dass das die besten Spiele waren, die es je gab.
- ➔ finden, dass es der beste Kampf gegen Doping ist, nicht darüber zu reden.
- ➔ haben Kinder, die in ehemaligen Bewerberstädten gut bezahlte Jobs haben.
- ➔ vergeben die Winterspiele an Orte, in denen es noch nie geschneit hat.

Italiener

- ➔ tragen im Sommer und im Winter, tagsüber und nachts Sonnenbrillen. Nur wenn sie in eine stockdunkle Diskothek gehen, schieben sie die Brille in die Haare.
- ➔ haben Haare auf der Brust, an den Beinen, am Bauch, an den Schultern, in den Ohren und am gesamten Rücken.
- ➔ reden mehr mit ihren Händen als mit dem Mund.
- ➔ kassieren Autobahngebühren für Straßen, die im selben Zustand sind wie in Deutschland private Zufahrtswege abgelegener Bauernhöfe. Die Brennerautobahn halten die Italiener mit Baustellen während der Pfingstferien und im Hochsommer immer einspurig.
- ➔ machen am Wochenende Ausflüge mit der ganzen Familie. Dabei fahren sie zu sechst in einem kleinen Fiat auf einen abgelegenen Parkplatz nahe einer Sehenswürdigkeit. Dort kurbeln sie die Fenster herunter, picknicken im Auto und schmeißen anschließend den Müll raus. Ohne das Auto verlassen zu haben, fahren sie nach einer Stunde wieder heim.
- ➔ telefonieren egal ob im Skilift oder auf dem Motorrad mit

dem Handy. Dabei beginnt jedes Gespräch mit dem Satz: »Ciao Mama.«

- ➔ fahren auf Schnellstraßen mit ihren stinkenden Dreirädern, die höchstens 28 Kilometer pro Stunde schnell sind. Die Dreiräder werden ausschließlich von alten Männern mit wettergegerbten Gesichtern gefahren, wie man sie von den Postkarten kennt.
- ➔ hängen ihre Blümchenunterwäsche zum Trocknen auf den Balkon. Dort wird sie von den allgegenwärtigen Tauben wieder beschmutzt, ehe sie die Mama wieder hereinholt.
- ➔ putzen sich jedes Mal heraus, bevor sie auf die Straße gehen, und zwar so, wie es der Deutsche nur zweimal im Leben tut: zur Kommunion und zur Hochzeit.
- ➔ wohnen im Alter von vierzig Jahren noch bei Mutter, die früher eine wunderschöne, schlanke, elegante Frau war. Irgendwann hat sie sich über Nacht in eine füllige Mama verwandelt, die das leckerste Essen der Welt kochen kann.
- ➔ überlegen nach ihrer sechsstündigen Mittagspause, ob es sich noch lohnt, wieder in die Arbeit zu gehen.
- ➔ bauen auch ohne Baugenehmigung.
- ➔ tragen bei 20 Grad im Frühling noch ihre dicken Wintermäntel, um den schon fast nackten Touristen zu zeigen, dass es im Sommer noch schöner und noch wärmer wird.
- ➔ haben es im Verkehr furchtbar eilig und überfahren jede rote Ampel.
- ➔ treffen jeden Tag unzählige Freunde, die sie schon seit einer Ewigkeit nicht mehr gesehen haben. Und gehen mit jedem einen Espresso trinken.
- ➔ wählen jedes halbe Jahr eine neue korrupte Regierung.
- ➔ haben ein Sexleben, das sich während der ersten Jahre

ausschließlich auf dem Rücksitz eines Fiat Cinquecento abspielt.

- ➔ sind schlecht im Bett. Aber gut darin, Frauen ins Bett zu kriegen.
- ➔ haben Sex mit deutschen Blondinen. Etwa 96 Prozent der Italiener hatten eine Affäre mit einer Deutschen, dem stehen 0,3 Prozent Deutsche gegenüber, die eine Italienerin berühren konnten, ohne dafür von ihrem Bruder verprügelt zu werden.
- ➔ knattern mit ihren aufgetunten Motorrollern ohne Sturzhelm, aber mit Mädchen auf dem Rücksitz nachts durch die engen Gassen und scheuchen Touristen.
- ➔ haben für Touristen im Restaurant immer noch eine Extra-Gebühr im Ärmel. Die Pizza kostet 10 000, das Gedeck 5000, das Brot 5000 und die Bedienung noch mal 5000: »Macht zusammen 35 000 Lire, Signore.«
- ➔ brechen deutsche Autos auf und klauen sämtliche Koffer. Weil sie gerade dabei sind, nehmen sie auch noch die Reifen und das Autoradio mit. Obwohl der Raubzug tagsüber neben dem belebtesten Platz der Stadt stattfand, hat niemand etwas gesehen. Die eilig gerufenen Carabinieri kassieren von den Touristen erst mal 100 000 Lire Strafe ohne Quittung, weil der Wagen im Halteverbot steht und keine D-Plakette auf der hinteren Stoßstange hat.
- ➔ wälzen sich minutenlang vor Schmerzen auf dem Fußballfeld, wenn ein Gegenspieler sie berührt hat. Pfeift der Schiedsrichter das Foul nicht, springen sie auf und sprinten zum Schiri, um sich zu beschweren.

J

Jäger Japaner Journalisten

Jäger

- sind lebenslustige, fast blinde Greise, die versehentlich Mountainbiker statt Hirschen erschießen. Bei der Wildschweinhatz jagen sie regelmäßig eine Ladung Schrot in den dicken Hintern einer Pilzesammlerin.
- verbringen den ganzen Tag mit ihrem Dackel auf einem wackeligen Hochsitz.
- haben das Haus voller ausgestopfter Tiere und vierzehnendiger Hirschgeweihe, die sie sich von einem Versandhaus für jagende Angeber schicken lassen.

Japaner

- sind 1,59 Meter groß.
- arbeiten nicht in Büros, sondern in grauen Pappboxen im 86. Stock eines Hochhauses.
- arbeiten 53 Jahre lang beim selben Arbeitgeber. Sie würden sich eher eine Hand abhacken lassen, als ein schlechtes Wort über ihre Firma zu verlieren.
- wohnen als Familie in einer Acht-Quadratmeter-Wohnung in Tokio, die 3800 Mark Monatsmiete kostet. Kalt, versteht sich.
- brauchen Sauerstoffgeräte, wenn sie zum Shoppen gehen.
- gehen jeden Abend zum Karaoke, wo sie vor ihren Arbeitskollegen »My heart will go on« von Celine Dion trällern.
- sind traurig, weil ihr Tamagotchi gestorben ist.
- drehen total unverständliche Filme, in denen schlecht animierte Monster über japanische Kleinstädte herfallen, oder Sado-Maso-Streifen, in denen 90 Minuten lang

„CHEN" UND „LEIN"
MACHEN ALLE DINGE KLEIN.

gezeigt wird, wie Prostituierte an Betten gefesselt und gequält werden.

- ziehen ihre Schuhe im Restaurant aus. Viele Deutsche wussten nichts von diesem Brauch und sind mit ihren Socken verantwortlich für die Erfindung der Geschmacksrichtung süß-sauer.
- haben in ihrer Geschichte keine einzige halbwegs akzeptable Musikband hervorgebracht.
- holzen sämtliche Urwälder für ihre Essstäbchen ab.
- rotten die Nashörner aus, deren Hörner sie wegen ihrer Form für Aphrodisiaka halten. Die Japaner zerstören mit schwimmenden Fischmetzgereien die weltweiten Fischbestände. Und am Walmord ist der Japse auch schuld.
- sind mit Nikon-Kameras behängt, mit denen sie alles fotografieren, was ihnen begegnet.
- bauen Autos, die extrem preiswert sind und jedes Jahr die ADAC-Pannenstatistik gewinnen, die aber trotzdem niemand fahren, geschweige denn kaufen will.
- jubeln Sumoringern zu, deren sportliche Leistung einzig darin besteht, fetter als der Gegner zu sein.
- halten sich beim Lachen die Hand vor den Mund.
- haben Automaten, an denen sich alte Männer statt Zigaretten getragene Mädchenslips ziehen.
- haben Geishas, bei denen sich Europäer nicht sicher sind, ob sie nun eine Art weiblicher Butler oder doch eher Prostituierte sind.

Journalisten

- wedeln bei jeder Gelegenheit mit ihrem abgelaufenen

Presseausweis und versuchen, überall umsonst reinzukommen.
Ansonsten muss man unterscheiden:

Der Lokaljournalist ist ein dicker, kettenrauchender Alkoholiker, der andere Journalisten für Faulenzer hält. Er trägt abgewetzte Tweed-Sakkos und kennt jeden im Ort – vom Müllmann bis zum stellvertretenden Vorsitzenden der Fußpflegerinnung. In regelmäßigen Abständen schreibt er Riemen mit 180 Zeilen über die Versammlung der Kleingärtner, 220 Zeilen über das Ärgernis Hundekot und 300 Zeilen über ausgesetzte Hunde im Tierheim.

Der Politikjournalist trägt immer Anzug und Krawatte und hält die übrigen Journalisten für unbedeutende Kleinkrämer. Er ist gerne in der Nähe von Mächtigen und fühlt sich ungemein bedeutend, wenn er mit einem Bundestagsabgeordneten zu Abend isst oder bei Wahlkampfveranstaltungen im Dienst-Mercedes mitfahren darf. Er notiert die Phrasen der Politiker und gibt sie unverändert an die Leser weiter.

Der Feuilletonist trägt schwarze Cordklamotten, wirre Frisur, violetten Samtschal und eine sperrige Woody-Allen-Lookalike-Brille. Er hält die übrigen Journalisten für oberflächlich und einfältig. Er dämmert abends in der ersten Reihe von Konzerten oder Theaterstücken, um sie am nächsten Tag, wenn er gegen Mittag mit dem Taxi in der Redaktion erscheint, langatmig zu verreißen. Der Feuilletonist kann auch einfachste Gedankengänge nur mit Fremdwörtern ausdrücken. Seine Artikel beginnen mit dem Zitat eines griechischen Philosophen oder einer lateinischen Weisheit. Dann holt der Feuilletonist so weit aus, bis er sich selbst kaum mehr entsinnen kann, worüber er eigentlich schreiben wollte, um schließlich mit einer völlig banalen Erkenntnis zu schließen.

Der Boulevardjournalist trägt ein sportliches Sakko in Grün oder Rot und einen gegelten Kurzhaarschnitt. Er besitzt ein Mehrbandhandy und hält die übrigen Journalisten für unflexibel und träge. Wenn ein kleines Kind umgebracht wird, rast der Boulevardjournalist zum Haus der Eltern und klingelt so lange, bis sie öffnen. Dann hält er ihnen das Mikro unter die Nase und fragt: »Wie fühlen Sie sich?« Anschließend fährt er zu den Nachbarn des vermeintlichen Mörders und bietet jedem 500 Mark, der vor der Kamera erzählt, dass der mutmaßliche Mörder schon immer ein brutaler Schläger und Kinderschänder war.

Der Sportjournalist wollte selber Fußballspieler werden, es hat allerdings nicht gereicht. Trotzdem nimmt er gerne als Freizeitkicker an Turnieren teil, wo er so verbissen ans Werk geht, dass sein Gegenspieler gewöhnlich mit der Bahre vom Platz getragen werden muss. Er hält es für stichhaltig, die Spieler nach verlorenem Match zu fragen: »Woran hat's gelegen?«

K

Kartenspieler Katholiken
Katzenbesitzer Kinder Kinobesucher
Kleingärtner Klo-Frauen
Kneipengänger Köche Kommissare
Kommunisten Konservative
Krankenschwestern Künstler

Kartenspieler

- ➔ haben keinen vierten Mann zum Doppel- oder Schafkopfen.
- ➔ sagen, wenn der Geber länger als zehn Sekunden mischt: »In Köln/Regensburg/Bremen hat sich schon mal einer totgemischt.«

Katholiken

- ➔ laufen barfuß nach Altötting.
- ➔ glauben an Wunder. Sie fahren alt und gebrechlich nach Lourdes und kommen alt und gebrechlich wieder zurück.
- ➔ glauben, dass Schwulsein unnatürlich ist. Halten es aber für der Natur des Menschen entsprechend, das ganze Leben keinen Sex zu haben.
- ➔ haben nur Sex, um Kinder zu bekommen. Brauchen Frauen eigentlich einen Orgasmus, um Kinder zu bekommen?
- ➔ berufen sich auf den Papst, wenn sie keine Lust haben, ein Kondom anzulegen.
- ➔ haben Gewissenskonflikte, die sie jede Woche bei der Beichte loswerden. Kosten: Zehn Vaterunser beten, für schwere Vergehen zusätzlich drei Rosenkränze.

Katzenbesitzer

- ➔ sind unheimlich stolz darauf, dass ihre Katzen so unabhängig sind.
- ➔ lassen ihre Katzen wochenlang herumstreunen und der Nachbarschaft auf die Nerven gehen.
- ➔ legen ein Petersilieblatt aufs Katzenfutter.
- ➔ glauben tatsächlich, dass das Dosenfutter nach Tunfisch

KATZENBESITZER

oder Kaninchen schmeckt, obwohl jede Sorte gleich aussieht und nach frisch Erbrochenem riecht.

Kinder

- pinkeln in den Pool.
- essen am liebsten Fischstäbchen oder Wiener Schnitzel, und zwar mit Pommes und Ketchup.
- hassen Spinat.
- klingeln, wenn man gerade gemütlich im Bad liegt. Hat man sich an die Tür gekämpft, kichern sie und rennen weg.
- finden jede noch so blöde Modeerscheinung aus Amerika großartig.
- wollen das haben, was die anderen Kinder in der Klasse auch haben.
- fragen, kurz nachdem man losgefahren ist: »Wann sind wir endlich da?«
- klettern nachts ins Bett der Eltern und geben vor, einen Alptraum gehabt zu haben.
- haben – nach eigenen Angaben – keine Hausaufgaben bekommen oder sind mit den Hausaufgaben schon nach fünf Minuten fertig und wollen deshalb nach draußen zum Spielen gehen.
- machen Furzgeräusche mit ihren Armbeugen.
- können Ortsfremden nie erklären, wo eine Straße liegt, selbst wenn sie selber unmittelbar daneben wohnen.
- freuen sich nicht über geschenkte Kleidungsstücke.
- machen mit ihren Eltern den »Schau mal, was da hinten steht«-Trick, während sie ihnen etwas vom Teller klauen.
- haben ein Lieblings-T-Shirt, das sie tragen, bis es nur noch ein Fetzen ist.

- ➔ wollen nur einschlafen, wenn sie eine Geschichte vorgelesen bekommen. Darauf bestehen sie besonders dann, wenn die Eltern todmüde sind.
- ➔ lassen sich Videokassetten mit Walt-Disney-Zeichentrickfilmen schenken, die sie sich 250-mal anschauen, bis sie jeden Dialog auswendig können.
- ➔ haben Schluckauf und machen verrückte Sachen, um ihn wieder loszuwerden. Die verbreitetste Technik: An sieben nackte Neger denken und dabei dreimal trocken schlucken.
- ➔ hassen es, wenn sich die älteren Jungs am Pausenkiosk in der Schule vordrängeln, und schwören, so etwas nie zu tun. Bis sie selber groß sind.
- ➔ zünden Ameisen mit einem Brennglas an, reißen Käfern die Beine und Fliegen die Flügel aus.
- ➔ nennen ihre Oma nach der Kleinstadt, in der sie lebt: Oma Samsdorf, Oma Lüneburg oder Oma Moosach.
- ➔ nennen jede Frau über dreißig Tante und über fünfzig Oma.
- ➔ fürchten sich nachts vor dem Schatten der Kleidung am Bügel.
- ➔ fangen im Supermarkt an zu weinen, wenn Mutti sich weigert, einen Schokoriegel zu kaufen.
- ➔ treten auf der Wiese barfuß in eine Biene. Mutti wird im Sommer panisch, wenn eine Wespe auftaucht.
- ➔ rennen dem Ball hinterher, der beim Spielen aus Versehen auf die Straße kullert.
- ➔ legen Geldstücke auf die Trambahnschiene.

Kinobesucher

- ➔ gehen in einen Film, weil die Vorschau so witzig war, und stellen fest, dass die einzig witzige Szene des ganzen Films in der Vorschau war.

➔ kleben am Boden fest, weil jemand in der vorigen Vorstellung seine Cola ausgeschüttet hat.
➔ leiden unter Nachbarn, die immer an der falschen Stelle lachen.
➔ leiden unter Nachbarn, die lauthals darin wetteifern, wer die Werbung als Erstes erkennt.
➔ leiden darunter, dass der Hintermann ihnen seine Knie von hinten in die Lehne drückt.
➔ können nichts sehen, weil sie ausgerechnet hinter einem Zwei-Meter-Mann mit Afro-Look sitzen.
➔ müssen während des gesamten Films dringend auf die Toilette und sitzen natürlich genau in der Mitte der Reihe.
➔ reservieren telefonisch Karten, kommen eine halbe Stunde vor Beginn der Vorstellung und stellen fest, dass sie die einzigen sind, die den Film anschauen wollen.
➔ kommen in der letzten Minute, und die einzigen Plätze, die noch frei sind, sind entweder in der ersten Reihe, wo man Nackenstarre bekommt, oder hinter dem Mann mit dem Afro-Look.

Kleingärtner

➔ legen großen Wert auf die radikale und lückenlose Einhaltung der Kleingarten-Verordnung.
➔ streiten sich vor Gericht, wem die Äpfel gehören, wenn der Apfelbaum auf dem einen Grundstück steht, seine Äste aber auf ein anderes hinüberreichen.
➔ wohnen in ihrem Schrebergarten, obwohl das eigentlich verboten ist.

- sind stolz darauf, dass sie den dicksten Kohl der ganzen Anlage haben.
- kämpfen mit chemischen und biologischen Waffen gegen Schnecken, Ameisen und Blattläuse. Dass sie damit nebenbei auch die gesamte Vogel- und Kleintierpopulation ausrotten, stört sie wenig.

Klo-Frauen

- sind fünfzig Jahre alt, kommen aus Rest-Jugoslawien, tragen einen Blümchenrock und darüber einen weißen Kittel.
- lassen immer ein paar Münzen auf dem Geldtellerchen liegen, um das schlechte Gewissen anzuregen.
- putzen nie, sondern bewachen das Geldtellerchen, dass man auch ja etwas hinlegt.
- tragen ihr gesamtes Vermögen im Goldzahn.

Kneipengänger

- lassen anschreiben, bis der Wirt ihnen den Hahn abdreht.
- erzählen betrunken herzerweichende Geschichten, die ihnen am nächsten Tag peinlich sind.
- denken sich ganz lustige Synonyme für Bier aus: »Ich hätte gerne eine Gerstenkaltschale«, »einen Hopfentee« oder – am schlimmsten – »ein Blondwasser, bitte.«
- sind in die Frau hinter der Theke verliebt.

Köche

- sind dick.

- ➔ verwerten Essensreste weiter. Am ersten Tag gibt's Braten, am zweiten Tag Gulasch und am dritten Tag Spaghetti Bolognese.
- ➔ haben es geschafft, dass Menschen für drei daumennagelgroße Stück Entenbrust, übergossen mit einem Teelöffelchen Orangensoße, und vier hamsterköttelgroße Kartoffeln, garniert mit einem halben Schnittlauch, 68 Mark bezahlen.
- ➔ ohrfeigen ihren Hilfskoch.

Kommissare

- ➔ tragen Trenchcoats.
- ➔ fahren BMW.
- ➔ müssen nie auf die Toilette. Oder war Derrick schon mal pinkeln?
- ➔ haben ihre Hände immer in der Tasche.
- ➔ bekommen nachts einen Anruf, dass sie sofort zum Tatort eilen müssen.
- ➔ haben einen herzensguten, aber denkfaulen Assistenten.
- ➔ haben keine Familie, weil sie den ganzen Tag nur an die Arbeit denken.
- ➔ kommen gerade noch rechtzeitig, bevor der Mörder auf einer Baustelle, in einer Fabrikhalle oder einer Fleischerei noch jemanden umbringt.

Kommunisten

- ➔ sind ungekämmt, tragen Palästinenserschals und einen roten Stern als Anstecker am Mantel.

- gehen auf Demonstrationen und rufen unsinnige Parolen wie »Keine Macht für niemand!«, »Bürger lasst das Glotzen sein, kommt herunter, reiht euch ein« und »USA – SA – SS.«
- sitzen einmal in der Woche beim Griechen und lesen sich gegenseitig aus Marx' *Kapital* vor.
- sind dafür, dass das Geld unter allen Menschen gerecht verteilt wird, weigern sich aber hartnäckig, jemanden zum Bier einzuladen.
- sind so lange Kommunisten, bis sie selbst eine ordentliche Arbeit gefunden haben und richtig Geld verdienen.
- treffen sich, wenn ihnen langweilig ist, zu fünft mit einem Kasten Bier und machen eine Mahnwache vor der amerikanischen Botschaft.
- haben ein Che-Guevara-Poster über dem Bett hängen und träumen davon, wie sie mit freiem Oberkörper und einem Revolutionsgroupie im Arm Kuba erobern.
- drücken bei Olympischen Spielen als Einzige den rumänischen Kugelstoßerinnen die Daumen.
- beginnen, sobald mehr als zwei Kommunisten in einem Raum sind, revolutionäre Lieder zu singen.
- fühlen sich der russischen Volksseele nahe, bloß weil sie gerne Wodka saufen. Außerdem lernen sie russische Trinksprüche auswendig, um anderen Kommunisten zu imponieren.
- haben eine so revolutionäre Einstellung, dass sie sich freuen, wenn das deutsche Fußballteam verliert.
- fühlen sich ausgebeutet. Dabei haben sie so große Angst davor, Mehrwert zu produzieren, dass sie erst gar nicht arbeiten.
- sympathisieren mit den Palästinensern, den Kurden und

KOMMUNISTEN

allen anderen ausgebeuteten Völkern dieser Erde. Die Amerikaner hingegen sind ihr Feindbild. Sie verabscheuen McDonald's und essen dort nur im Urlaub oder wenn sonst nichts mehr aufhat oder wenn kein anderer Kommunist in der Nähe ist.

➔ gehen jedes Wochenende demonstrieren. Dabei fahren sie mit einem rostigen Opel Kadett quer durch Deutschland, um mit anderen Splittergruppen wie der »marxistisch-leninistischen Männergruppe Braunschweig«, den »Kampflesben Iserlohn« oder den »Atomkraft finden wir echt doof«-Hippies gegen aufkeimenden Faschismus zu demonstrieren. Eigentlich fordern alle Splittergruppen jedoch etwas vollkommen anderes. Dabei sprechen die Veranstalter meist von rund 25 000 Teilnehmern. Die Polizei von 200.

➔ sind paranoid und glauben, dass ihr Telefon überwacht wird, weil sie einer terroristischen Organisation zugerechnet werden. Obwohl sie nur einmal beim Sitzstreik vor einem Teppichhändler festgenommen wurden, der angeblich in Kinderarbeit hergestellte Teppiche verkauft hat. Am Telefon sprechen sie nur chiffriert: »Mein Hahn hat drei Beine und die Banane ist grün.« Das bedeutet: Wir treffen uns wie jeden Abend zum Saufen am Stammtisch.

➔ lassen durchblicken, dass sie am bewaffneten Widerstand der RAF teilgehabt haben oder zumindest eng involviert waren. In Diskussionen flechten sie gerne mal ein »der Andi hat gesagt« oder »die Ulrike fand das auch schlimm« ein, bloß weil sie mal an derselben Uni wie Andreas Baader oder Ulrike Meinhof studiert haben.

➔ stehen ungemein auf Verschwörungstheorien. Wenn einer

KONSERVATIVE HABEN FOLGENDEN LIEBLINGSSATZ: „STELLEN SIE SICH DOCH MAL IN ISTANBUL AUF DEN BASAR UND RUFEN ASYL. SIE WERDEN SEHEN, DA HILFT IHNEN NIEMAND."

am Tisch erzählt, dass Mercedes eine Tretmine entwickelt hat, die nur Langhaarige umbringt, glaubt das jeder. Sämtliche Katastrophen auf der Welt haben CIA und FBI zu verantworten: Der amerikanische Geheimdienst hat im Labor den HI-Virus konstruiert, die Mondlandung vorgetäuscht und Kennedy ermordet.

Konservative

- wiederholen unablässig folgende Lieblingssätze: »Ich habe ja nichts gegen Ausländer, es sind bloß zu viele in Deutschland. Aber mein Pizzawirt darf gerne hier bleiben.« »Ich kenne jemanden, der kennt einen Asylanten, der hat ein nagelneues Auto, eine Waschmaschine und eine riesige Wohnung bekommen, als er nach Deutschland gekommen ist.« – »Stellen Sie sich doch mal in Istanbul auf den Basar und rufen Asyl. Sie werden sehen, da hilft Ihnen niemand.«
- glauben, dass früher alles besser gewesen sei. Da gab es noch Moral und bei weitem nicht so viel Kriminalität.
- träumen davon, das Bundesverdienstkreuz verliehen zu bekommen.
- haben vor nichts so viel Angst wie vor dem Russen und seiner Roten Armee. Danach folgen Kommunismus und Negermusik.

Krankenschwestern

- sind blond und hübsch. Nur die Oberschwestern sind fürchterliche Drachen.
- zeigen stramme Wad'ln unter dem weißen Kittel.
- stürzen um sechs Uhr morgens ins Krankenzimmer, rufen:

»Soooo, wie geht's uns denn heute?«, hechten am Bett vorbei und öffnen das Fenster, auch wenn es draußen tierisch kalt ist. Ohne eine Antwort abzuwarten, reißen sie den geplagten Patienten die Decke weg.

- ➔ hatten eine Affäre mit dem Stationsarzt.
- ➔ hatten eine Affäre mit dem Oberarzt.
- ➔ hatten eine Affäre mit dem Chefarzt.
- ➔ können ein Bett in 60 Sekunden machen.
- ➔ wollen kein Schmerzmittel rausrücken, obwohl man vor Schmerzen fast stirbt.
- ➔ stellen mitgebrachte Blumen in unglaublich hässliche Vasen.

Künstler

- ➔ kämmen sich nicht. Tragen lange Haare und ein aufgeknöpftes Hemd. Hosen und Schuhe sind mit Farbklecksen übersät.
- ➔ veranstalten Vernissagen in Buchläden, wo schwarz gekleidete, grauhaarige Pfeifenraucher und rothaarige Endvierzigerinnen mit sperrigen Brillen herumstehen und ihnen den Prosecco wegsaufen. Bilder verkaufen sie keine.
- ➔ verlangen 9000 Mark für ein Bild, das sie in zwei Stunden gemalt haben, weil sie wissen, dass sie höchstens ein Bild im Jahr verkaufen.
- ➔ können nicht malen. Kritzeln deshalb Dreiecke in Öl und nennen das Bild dann »Die Zukunft des Kapitalismus in den Zeiten der Cholera«.
- ➔ veranstalten Performances, bei denen sie drei Stunden auf einem Bein im Brunnen stehen. Damit wollen sie die Ängste in der Gesellschaft darstellen.

5.000
5.000
ALSO, ICH HAB NOCH NIE SOLCHE DRECKLATSCHEN GESEHEN!
RENATE, ICH GLAUBE, DU HAST DIE BOTSCHAFT NICHT VERSTANDEN

KÜNSTLER

- ➔ fühlen sich missverstanden.
- ➔ profitieren davon, dass bei jedem Großbauwerk 1 Prozent der Bausumme in ein Kunstwerk investiert werden muss. Stellen gerne einen rostigen Riesennagel vors Hochhaus, nennen ihn »Stein des Anstoßes« und kassieren dafür 300 000 Mark.
- ➔ sind nur Künstler geworden, weil die Mädchen dann auf sie stehen.
- ➔ halten gewöhnliche Arbeit für spießig, unbedeutend und banal.
- ➔ leben von der Sozialhilfe, die das arbeitende Volk einbezahlt hat.
- ➔ sagen in Interviews, sie hätten keine Vorbilder, sondern nur Leute, die sie inspiriert haben.
- ➔ gehen zum Aktzeichnen, weil sie sich nicht in einen Pornoladen trauen.

L

Lehrer Lesben
Liebespärchen, frisch verliebte
Linkshänder Lkw-Fahrer

Lehrer

➔ schreiben Leserbriefe.
➔ machen Urlaub im Kloster oder auf dem Bauernhof.
➔ wollen, dass die Klassenfahrt nach Weimar geht, und nicht nach Lloret del Mar.
➔ haben ihre Wohnung in hellen naturbelassenen Hölzern eingerichtet. Die Lampen sind mit auberginefarbenen Tüchern behängt, auf dem Tisch steht eine italienische Duftkerze, auf jedem Schrank eine Vase mit staubigen Strohblumen und eine türkische Wasserpfeife. Im Wohnzimmer hängen selbst gemalte Landschaftsaquarelle aus der Toskana, auf der Toilette Poster von Matisse-Ausstellungen aus den siebziger Jahren. Neben der Kloschüssel liegen abgegriffene *Zeit*-Magazine.
➔ bestellen beim Italiener die Pizza auf Italienisch, obwohl der Kellner fließend deutsch spricht. Auch beim Griechen sind sie am geölten »Kalinichta« zu erkennen. Dabei vermitteln sie das Gefühl, als würden sie zur Familie gehören, bloß weil sie nach dem Essen einen Ouzo spendiert bekommen.
➔ gucken in die Klasse und wissen genau, welcher Schüler sich nicht auf die Stunde vorbereitet hat.
➔ verraten nicht, was in der Klassenarbeit drankommt.
➔ können auf Fragen, die minimal über den Lehrstoff hinausgehen, nicht antworten.
➔ zählen auf dem Wandertag alle zehn Minuten nach, ob auch noch alle Schüler da sind.
➔ finden es toll, dass die Gattin ihre Bilder in der Apotheke ausstellt.
➔ lieben Studienreisen, wo sie zwei Wochen lang bei 38 Grad im Schatten durch Ruinen wandern.

- arbeiten nur acht Monate im Jahr.
- besuchen Volkshochschulkurse.
- kämpfen für die Rettung von dem Genitiv.
- tragen ihre Brille an einer Kette um den Hals.
- gehen in Puffs, wo sie sich als Kindermädchen verkleiden und von einer Domina durchpeitschen lassen.
- halten es für eine gute Erziehungsmaßnahme, wenn sie ihre Schüler auffordern: »Zur Strafe schreibst du jetzt hundertmal: Ich darf keinen Strom ins Schulaquarium leiten!«
- spielen auch auf der Straße den Oberlehrer. Fahren in Ortschaften haargenau 50 Kilometer pro Stunde. Auf Autobahnen gurken sie bei Geschwindigkeitsbegrenzungen gerne auf der linken Spur und sind damit neben den Holländern die Hauptverursacher von Staus.
- schlürfen Kaffee und seufzen dann »Aaaaaaah«.
- behaupten, sie würden in der freien Wirtschaft wesentlich mehr verdienen denn als Beamte. Das ist allerdings eine Feststellung, bei der sich jeder Manager vor Lachen in die Hose macht.
- haben keinen Fernseher. Deshalb sitzen sie mit ihrer Frau auf dem Sofa und lesen in gelben Reclam-Büchern. Hin und wieder blicken sie auf und sagen: »Renate, hier steht ein ganz bemerkenswerter Satz.«

Die unterschiedlichen Lehrer-Typen:

Physiklehrer:
Verwirrte Schussel, die vorne am Pult Experimente aufbauen, die nicht funktionieren.

Sportlehrer:
Braun gebrannte Frauenhelden, die den ganzen Tag Schüler herumscheuchen und dabei mit Vorliebe den Klassendicksten quälen.
Ethiklehrer:
Esoterische Hippies, die Schüler mit Volksliedern und buddhistischen Weisheiten ins Christentum treiben.
Mathematiklehrer:
Staubtrockene Brillenträger mit Halbglatze, die vorne an der Tafel autistisch Formeln kritzeln, die niemand versteht.
Deutschlehrerinnen:
Klimaktierende Quasseltanten, die in sinnlose Gedichte staatstragende Gedanken hineininterpretieren und ihre Schüler zur Kafka-Lektüre zwingen.
Lateinlehrer:
Grauhaarige Eminenzen, die weltfremd genug sind, Latein für eine gewöhnliche Sprache zu halten, bloß weil sie noch bei katholischen Messen verwendet wird.
Französischlehrer:
Fröhliche Lebemänner mit Schmerbauch und Vorliebe zu Wein, Weib und langweiligem Unterricht.
Musiklehrer:
Ungeduschte Künstlerfreaks, die ihre Schüler mit Blockflötenunterricht und Vorsingen quälen und moderne Klänge für Negermusik halten.
Kunstlehrerinnen:
Esoterische Hippie-Schreckschrauben, die Schülern mit Nichtraucher-Collagen und Friedenstauben-Bildern die Augen für Schönheit öffnen wollen.
Direktoren:
Übellaunige ehemalige Stalingradkämpfer, die jede Pause

in sämtliche Klos rennen, um zu kontrollieren, ob jemand raucht. Morgens kontrollieren sie, wer zu spät kommt, und nach der Schule notieren sie auf der Straße die Kennzeichen von Autos, bei denen die ASU-Plakette abgelaufen ist.

Lesben

- ➔ tragen Springerstiefel, Lederhosen und kurze Haare.
- ➔ verhüten mit ihrem Gesicht.
- ➔ sind lesbisch geworden, weil sie keinen Mann gefunden haben.
- ➔ sind linksradikal und bilden mit ihrem Lesbenblock auf Demonstrationen die einzige Gruppe, vor der Polizisten wirklich Angst haben.
- ➔ schminken sich nie.
- ➔ gehen abends in einen Lesbenselbstverteidigungskurs. Da lernen sie, einen potenziellen Vergewaltiger mit einem Tritt k. o. zu schlagen und gleichzeitig zu kastrieren. Tatsächlich würde sie kein Mann jemals freiwillig ansprechen. Geschweige denn vergewaltigen.

Liebespärchen, frisch verliebte

- ➔ langweilen alle Freunde, weil sie unbedingt in die Kneipe mitkommen wollen, wo sie doch nur die ganze Zeit knutschen, statt sich zu unterhalten.
- ➔ können sich stundenlang in die Augen blicken und sich dabei Sachen zuraunen, die nüchtern betrachtet belanglos bis unsinnig sind. Diese glückselige Phase dauert einige Wochen. Sie endet abrupt und desillusionierend mit dem,

was man »Beziehung« nennt. Eine Beziehung fängt damit an, dass es stört, wenn der Partner die Socken im Bad liegen lässt.

- ➔ haben noch richtig Spaß beim Sex. Sie können ganze Wochenenden im Bett verbringen und es nur verlassen, um aufs Klo zu gehen und den Pizzadienst an der Tür zu empfangen.
- ➔ rufen vierzigmal am Tag an, um sich zu erzählen, dass sie gerade aneinander gedacht haben. In Ermangelung eines vernünftigen Gesprächsstoffes erzählen sie sich dann detailgetreu ihren Tagesablauf. Solche Gespräche enden besonders abends mit einer Verabschiedungsorgie von nicht unter einer Stunde Länge, weil sich keiner von ihnen dazu durchringen kann aufzulegen.

Linkshänder

- ➔ kommen sich intelligenter vor als Rechtshänder und berufen sich dabei auf Einstein.
- ➔ kommen sich kreativer vor als Rechtshänder und berufen sich dabei auf Leonardo da Vinci.
- ➔ kommen sich als bessere Tennisspieler vor als Rechtshänder und berufen sich dabei auf Martina Navratilova.
- ➔ verleugnen, dass 99 Prozent der anderen Prominenten Rechtshänder sind.
- ➔ sind unbeholfen und ungeschickt.
- ➔ glauben, dass sie mit der Erfindung einer Tasse für Linkshänder Millionär werden.

Lkw-Fahrer

- ➔ fahren die Strecke von Murmansk nach Lissabon in elf Tagen durch, wobei sie nur manchmal an einer Raststätte halten, um schnell eine Nutte in ihr Fahrerhäuschen zu lassen oder um ein Pornoheft durchzublättern.
- ➔ haben in der Fahrerkabine unzählige Country-CDs, ein Funkgerät, einen Blinktannenbaum und ein Namenskennzeichen: »Heinz«, »Horst« oder »Manni«.
- ➔ lieben lustige Aufkleber wie »Meiner ist 15 Meter lang« oder »Hier arbeiten 240 Pferde und 1 Esel«.
- ➔ löffeln eine Tasse Nescafé-Pulver, bevor sie losfahren. Pur. Und zwar ohne Zucker.
- ➔ warten dreißig Stunden an der polnischen Grenze, während sie sich nur mit ihrem Pornoheft beschäftigen.
- ➔ überholen einen anderen Laster, weil sie mit ihrem Truck einen Kilometer pro Tag schneller fahren können. Der Überholvorgang dauert eine Stunde und blockiert entsprechend lange die Autobahn.

M

Männer
Männer, hässliche
Männer in der Midlife-Crisis
Manager Mathematiker Matrosen
Mercedes-Fahrer Millionäre
Mitbewohner Mitschüler Mönche
Moslems Motorradfahrer Münchner
Mütter Musiker

Männer

- ➔ zerfallen in die Hälften Sex und Autofahren.
- ➔ halten sich für die besseren Bundestrainer.
- ➔ setzen sich beim Pinkeln nicht hin.
- ➔ pinkeln daneben.
- ➔ bestreiten, dass sie sich beim Pinkeln nicht hingesetzt haben.
- ➔ machen Unordnung im Badezimmer.
- ➔ denken alle fünf Sekunden an Sex (Durchschnittswert einschließlich der Schlafperioden).
- ➔ gehen fremd.
- ➔ sind eifersüchtig.
- ➔ müssen, um wirklich gelebt zu haben, einen Baum pflanzen, einen Sohn zeugen und ein Buch schreiben.
- ➔ fragen: »Wie war ich?«
- ➔ riechen an ihren Hemden, wenn sie auswählen, welches sie heute anziehen. Die Farbe spielt bei der Entscheidung kaum eine Rolle.
- ➔ schneiden sich im Wohnzimmer die Fußnägel, die dann überall herumliegen.
- ➔ halten ein Geschenk für ausreichend verpackt, wenn es in Zeitungspapier gewickelt ist.
- ➔ gehen mit ihrer alten Jeans in den Laden und sagen: »Ich hätte gerne dasselbe Modell in derselben Größe.«
- ➔ haben Angst vor dem Finanzamt.
- ➔ lieben ihre Mutti.
- ➔ finden es peinlich, der Freundin vom Drogeriemarkt Slip-Einlagen mitzubringen.
- ➔ wissen, dass sie Frauen nicht ändern können.
- ➔ glauben, wenn Frauen zum Abendessen kommen, dass sie dann auch mit ihnen schlafen wollen.

- ➔ saufen so viel, dass sie sich am nächsten Morgen nicht mehr daran erinnern können.
- ➔ empfinden es als Zumutung, dass sie den Müllbeutel heruntertragen sollen.
- ➔ sagen: »Ja, dein Haarschnitt gefällt mir« und meinen: »120 Mark weg und dein Haar sieht kein bisschen anders aus ...«
- ➔ können sich nicht abgewöhnen, eine Floskel loszulassen, bevor sie am Tisch den ersten Bissen nehmen. Beliebt sind »Na denn« oder »Sodele, Nudele«.
- ➔ schütten Salz und Maggi in die Suppe, noch ehe sie sie überhaupt probiert haben.
- ➔ glauben, dass Frauen den Haushalt in dreißig Minuten schmeißen können und den Rest des Tages auf ihre Kosten einkaufen gehen.
- ➔ dürfen im Restaurant probieren, ob der Wein korkt, auch wenn sich die Frauen am Tisch wesentlich besser mit Wein auskennen.
- ➔ sind Hypochonder. Rennen bei der kleinsten Erkältung in die Apotheke und verlangen Antibiotika. Bleiben bei Kopfschmerzen im Bett liegen und wollen umsorgt werden. Klagt die Frau über Schmerzen, sagt er: »Stell dich nicht so an.«
- ➔ sagen: »Lass uns einen romantischen Abend verbringen« und meinen: »Lass uns miteinander Sex haben.«
- ➔ halten sich für besonders schmerzempfindlich.
- ➔ sagen: »Lass uns reden« und meinen: »Ich möchte sensibel und feinfühlig erscheinen, dann willst du vielleicht später mit mir Sex haben.«
- ➔ kaufen die Weihnachtsgeschenke am 24. Dezember vormittags.

MÄNNER ZERFALLEN IN DIE HÄLFTEN SEX UND AUTOFAHREN.

- ➔ glauben, sie seien Frauen grundsätzlich überlegen
- ➔ haben keine sauberen Unterhosen mehr.
- ➔ waschen ihr Auto häufiger als sich selbst.
- ➔ sagen: »Ich habe Hunger« und meinen: »Ich habe Hunger.«
- ➔ können den ganzen Tag vor dem Fernseher versumpfen.
- ➔ geben ihrem Genital Kosenamen wie »Schniedelwutz« oder »Johannes«.
- ➔ überschätzen die Länge ihres Genitals.
- ➔ überschätzen die Bedeutung ihres Genitals.
- ➔ haben Kondome für den Ernstfall dabei, der allerdings nie eintritt.
- ➔ können keine Geschenke einpacken. Sind Frauen beim Geschenkeeinpacken nur in einem nützlich: »Komm und leg mal deinen Daumen hier auf den Knoten.«
- ➔ vergessen das Preisschild auf Geschenken.
- ➔ glauben, dass sie den kaputten Staubsauger selber reparieren können. Fahren ihn anschließend gleich zum Sperrmüll.
- ➔ gehen seit ihrer Jugend zur selben Friseuse, die ihnen für 17 Mark in zehn Minuten immer denselben armseligen Haarschnitt verpasst.
- ➔ vergessen den Hochzeitstag.
- ➔ sind, wenn Besuch kommt, charmant und kultiviert. Kaum sind die Gäste gegangen, rülpsen und furzen sie.
- ➔ entdecken Gemeinsamkeiten zwischen Autofahren und Sex: Die Frau sitzt lethargisch daneben und ruft immer: »Nicht so schnell, nicht so schnell!«
- ➔ vergessen ihr Portemonnaie auf dem Dach ihres Autos.
- ➔ schenken ihren Kindern zu Weihnachten eine elektrische Eisenbahn, mit der sie dann selber spielen.
- ➔ sagen vor der Geburt ihres Kindes: »Mir ist es egal, ob es

ein Junge oder ein Mädchen wird. Hauptsache, er ist gesund!«

- ➔ haben Probleme mit Impotenz. Der häufigste Grund für Versagen im Bett ist übrigens nicht falsche Ernährung oder hohes Alter, sondern das Gesicht der Partnerin.
- ➔ sagen »Ach so« und »Aha«, auch wenn sie überhaupt nicht zugehört haben.
- ➔ heiraten wegen der Steuer. Andere Gründe sind: Weil die Frau es will, weil die Schwiegermutter es verlangt oder weil sie mit dem Heiratsantrag ihr schlechtes Gewissen wegen einer Affäre tilgen wollen.
- ➔ tun so, als könnten sie sich nicht merken, wo die Teller nach dem Abwaschen hinkommen.
- ➔ nutzen die Tatsache, dass Frauen schwache Blasen haben, abends auf dem Sofa vor dem Fernseher schamlos aus. »Du, Schatz, wo du doch schon mal stehst, kannst du mir noch ein Bier aus der Küche mitbringen.«
- ➔ ziehen Socken noch an, selbst wenn diese bereits faustgroße Löcher haben.
- ➔ gehen zu einer Prostituierten, nur um mit ihr zu reden. Überlegen es sich dann aber doch noch anders.
- ➔ können ihren Namen in den Schnee pinkeln.
- ➔ haben eine Morgenlatte.
- ➔ versuchen sich Frauen schön zu saufen. Wenn das endlich geklappt hat, kriegen sie keinen mehr hoch.
- ➔ kratzen sich in der Öffentlichkeit am Genital. Diese Neigung nimmt mit jedem Breitengrad in Richtung Süden zu.
- ➔ riechen vor dem Zubettgehen an ihren Socken und legen sie anschließend über die Stuhllehne.
- ➔ pinkeln auf einer öffentlichen Toilette, ohne mit der

Wimper zu zucken, in ein verstopftes Becken, das bereits überläuft.

- ➔ singen in der Badewanne und im Fußballstadion.
- ➔ finden, dass Synchronschwimmen kein Sport ist.
- ➔ erfreuen sich nicht an Blumen.
- ➔ verlieren zunehmend Haare auf dem Kopf, die dafür in der Nase und an den Füßen nachwachsen.
- ➔ werden erregt, wenn Frauen beim Sex ihre Schuhe anbehalten. Männer lassen hingegen ohne Rücksicht auf die Frauen ihre Socken an.
- ➔ finden, dass Verhütung Frauensache ist.
- ➔ gucken sich ihre Nasenpopel an, bevor sie sie essen.
- ➔ wissen nicht, wie sie eine weinende Frau trösten sollen. Mit ihr können sie schließlich nicht einfach einen saufen gehen.

Männer, hässliche

- ➔ kaufen Frauen aus dem Versandhauskatalog, die kein Wort Deutsch sprechen. Behaupten, sie hätten sich bei einem Thailand-Besuch unsterblich ineinander verliebt.

Männer in der Midlife-Crisis

- ➔ schneiden sich die grauen Haare aus den Schläfen, bis sie Haarlöcher haben.
- ➔ kaufen sich ein Motorrad und eine Lederausrüstung und knattern am Wochenende Bergstraßen rauf und runter.
- ➔ stehen plötzlich wieder in Diskotheken herum und tragen Klamotten, die schon vor dreißig Jahren out waren.

- ➔ suchen sich eine junge Geliebte, die sie für viel Geld ausführen und mit teuren Geschenken überhäufen. Werden aber trotzdem bei der erstbesten Gelegenheit für einen jungen Schönling verlassen.
- ➔ wollen reumütig zu ihrer Frau zurückkehren. Die hat sich aber einen neuen Freund gesucht und lässt sich scheiden. Der Mann muss finanziell so bluten, dass er sich fortan weder Motorrad noch Geliebte leisten kann.
- ➔ sind deprimiert, weil die Kerzen nicht mehr auf den Geburtstagskuchen passen und weil sie die Kerzen nicht mehr selber auspusten können, ohne einen Schwächeanfall zu bekommen.

Manager

- ➔ tragen Nadelstreifenanzüge, dezente Krawatten und Kurzhaarfrisuren. Wenn sie in die Frühmaschine nach Düsseldorf steigen, ähneln sie einander wie geklonte Schafe.
- ➔ kassieren eine Millionenabfindung, wenn sie einen florierenden Konzern in die Pleite geritten haben.
- ➔ verhalten sich rüpelhaft gegenüber den Stewardessen, weil sie sie für Angestellte halten.
- ➔ halten sich für etwas Besseres, bloß weil sie in der Business-Class drei Zentimeter mehr Fußfreiheit haben.
- ➔ besuchen für 8000 Mark pro Tag Seminare, wo sie barfuß über glühende Kohlen laufen und sich von einem holländischen Schaumschläger einreden lassen, dass sie deshalb ein Unternehmen führen könnten.
- ➔ haben eine riesige Wohnung, die sie nur dreimal im Jahr bei Tageslicht sehen.

- ➔ fliegen geschäftlich nach London, nur um Meilen für ihre Frequent-Flyer-Karte zu sammeln.
- ➔ kassieren Millionen dafür, dass sie jedes Jahr tausend Leute rauswerfen.
- ➔ rufen alle paar Minuten die Mobilbox ihres Handys an, weil sie Angst haben, dass sie kurz in einem Funkloch waren und eine lebenswichtige Nachricht verpasst haben und es für die Firma unglaublich wichtig wäre, dass sie jederzeit erreichbar sind.
- ➔ haben in Harvard oder Oxford studiert, wo sie Tag und Nacht gelernt haben. Weil sie also seit der Schulzeit keinen Spaß mehr hatten, gönnen sie ihn auch ihren Angestellten nicht.
- ➔ sitzen schweigend am Frühstückstisch und lesen den Wirtschaftsteil der *Frankfurter Allgemeinen Zeitung.*
- ➔ suchen Angestellte, die studiert haben, mehrere Auslandspraktika nachweisen können, fünf Jahre Berufserfahrung haben und höchstens 23 Jahre alt sind.
- ➔ sind umso stolzer auf ihr Notebook, desto kleiner es ist.
- ➔ haben eine reizende, gut aussehende Freundin, für die sie nur einen Tag im Monat Zeit haben. Dann gehen sie in ein Luxusrestaurant essen, schenken ihr ein wertvolles Schmuckstück und gehen anschließend miteinander in die Luxus-Penthousewohnung. Nach einem halben Jahr verlässt sie die Frau und es kommt eine andere gut aussehende Freundin.
- ➔ arbeiten bis abends um 22 Uhr und lassen sich dann vom Sushi-Homeservice eine Partyschale Seeigel-Nigiri für 168 Mark bringen.
- ➔ lassen sich vom Geschwätz von Unternehmensberatern

beeindrucken. Geben mehr Geld für Unternehmensberater aus, als sie mit ihnen jemals sparen könnten.

- ➔ nehmen sich vor, nur bis zu ihrem 40. Geburtstag zu arbeiten und dann das Leben zu genießen. Haben dann ihre Millionen gemacht und können trotzdem nicht mit dem Arbeiten aufhören, bis sie mit 54 Jahren an Herzinfarkt sterben.
- ➔ trinken in der Flughafencafeteria frisch gepressten Orangensaft für 9,40 Mark.
- ➔ sprechen von Rationalisierung im Bereich Human Resources, wenn sie mal wieder einen Angestellten grundlos rauswerfen.
- ➔ haben es so eilig, dass sie fünfmal auf den Liftknopf drücken, in der Hoffnung, der Lift würde deshalb schneller kommen.
- ➔ verlieren mit ihrem Filofax ihr ganzes Leben.
- ➔ kaufen im Duty-free-Shop eine Flasche Whiskey, obwohl sie schon zehn Flaschen zu Hause haben und grundsätzlich keinen Alkohol trinken.
- ➔ nehmen von jedem Hotelaufenthalt die Plastikfläschchen »Hair Conditioner« mit und stellen sie sich daheim auf den Spülkasten.

Mathematiker

- ➔ haben eine Halbglatze und eine dicke Brille.
- ➔ tragen Cordhosen und Sweat-Shirts, die ihnen ihre Mutter kauft.
- ➔ hatten noch nie in ihrem Leben eine Freundin. Es geht ihnen aber auch nichts ab.
- ➔ brüten ihr halbes Leben über der Lösung einer Gleichung,

Mathelehrer

die außer ihnen keiner kennt und die, wenn doch, niemand verstehen würde. Unter ihre Lösung schreiben sie: »Quod erat demonstrandum – was zu beweisen war.«
➔ haben die Chaostheorie erfunden, die besagt, dass der Flügelschlag eines Schmetterlings in Deutschland dafür verantwortlich ist, wenn in China ein gelbes Radl umkippt.

Matrosen

➔ haben in jedem Hafen eine Braut, sind aber mit dem Meer verheiratet.
➔ tragen ein tätowiertes Herz auf dem Arm, unter dem ein Name steht – der ihrer Mutter.
➔ spielen Lieder auf dem Akkordeon, die so traurig sind, dass man sofort heulen muss.
➔ müssen das Deck schrubben, wenn sie Mist gebaut haben, oder einen Tag lang im Ausguck sitzen, wo sie sich einen Sonnenstich holen.
➔ transportieren blinde Passagiere, die während der Fahrt entdeckt werden und Kartoffeln schälen müssen.
➔ retten Kinder und Frauen zuerst, wenn das Schiff sinkt. Das Orchester spielt weiter, bis das Schiff untergegangen ist.
➔ spinnen Seemannsgarn.

Mercedes-Fahrer

➔ tragen beim Autofahren einen Hut wie Erich Honecker.
➔ haben auf der Hutablage einen Wackeldackel und einen selbst gehäkelten Klopapierschoner stehen.

- ➔ haben sich aus patriotischen Gründen bewusst für einen deutschen Automobilhersteller entschieden. Als Erstes kleben sie einen D-Aufkleber auf ihr neues Auto.
- ➔ schwärmen vom tollen Klang, den eine Mercedes-Tür beim Zuwerfen macht.
- ➔ haben Angst um den Mercedes-Stern.
- ➔ bringen ihren Wagen alle tausend Kilometer zur Inspektion.
- ➔ heizen ihre Garage.
- ➔ schlagen die Füße aneinander, bevor sie ins Autos steigen, damit kein Schmutz in den Innenraum gelangt.
- ➔ haben immer Ein-Mark-Stücke im Auto, damit sie an der Tankstelle Staub saugen können.
- ➔ fahren mit ihrem Wagen mit 130 Kilometern pro Stunde auf der linken Spur der Autobahn und machen nicht Platz, weil sie es nicht ertragen können, von einem kleineren Auto überholt zu werden.
- ➔ sind in einem Àlter, in dem sie froh sind, wenigstens den Stern auf der Kühlerhaube zu erkennen.
- ➔ finden es unheimlich cool, dass sie ein Kennzeichen mit den Initialen ihres Namens haben.

Millionäre

- ➔ sind geizig. Der wahre Millionär schwört auf Aldi-Champagner.
- ➔ sind alt und hässlich und haben trotzdem hübsche Freundinnen. An Weihnachten gehen sie zum Juwelier und suchen zwei schöne Ringe aus. Einen einfachen für die Gattin und einen teuren für die Geliebte.
- ➔ sterben beim Sex mit einer blutjungen Blondine.

- enterben die Familie. Nach ihrem Tod gibt es einen fürchterlichen Erbkrieg zwischen der blutjungen Geliebten und den Kindern. Die Frau bekommt nichts.
- haben vier Häuser, eine Yacht, drei Sportautos und sind trotzdem unglücklich.

Mitbewohner

- hören den Anrufbeantworter ab und löschen wichtige Nachrichten.
- trinken die Milch direkt aus der Tüte.
- bekommen mitten in der Nacht Anrufe.
- vergessen das Abwaschen. Richten sich auch nicht nach dem Abwaschplan.
- machen ein Hotel aus der Wohnung. Jedes Wochenende nächtigt eine andere Freundesclique im Flur.
- kommen ausgerechnet dann an den Frühstückstisch, wenn man mit seiner neuen Flamme unbedingt allein sein möchte.
- sitzen immer mit ihrer neuen Flamme am Frühstückstisch, wenn man in Ruhe frühstücken will.

Mitschüler

- haben sich überhaupt nicht verändert. Nur die Klassenschönheit ist auseinander gegangen wie ein Hefeteig.
- geben beim Klassentreffen fürchterlich an.
- haben inzwischen beruflichen Erfolg, Familie und ein neues Auto. Aber mit der grausligen Frau möchte man auch nicht verheiratet sein.

Mönche

- ➔ tragen braune Kutten, ein Kreuz um den Hals und einen Haarschnitt wie Mireille Mathieu.
- ➔ sind mit den Jahren im Kloster schwul geworden. Nur manche nicht, die haben Sex mit den Nonnen vom Kloster nebenan.
- ➔ brauen Bier, mit dem sie sich durch die Fastenzeit saufen.
- ➔ leisten Schweigegelübde, die sie nicht einmal dann brechen dürfen, wenn ihnen der Abt versehentlich auf den Fuß tritt.
- ➔ nennen ihr Nickerchen Andacht.

Moslems

- ➔ haben immer einen Teppich zum Beten dabei.
- ➔ wissen immer, in welcher Richtung Mekka liegt. Außerdem wissen sie, in welcher Richtung der nächste Flohmarkt mit geklauten Elektrogeräten zu finden ist.
- ➔ sind nicht ganz so locker im Umgang mit ihren Frauen: »Schatz, du bist nicht exakt zwei Meter hinter mir gegangen. Das gibt daheim Keile.«
- ➔ sind nicht ganz so locker im Umgang mit ihren Töchtern: »Tochterherz, ich konnte gerade deine Nase durch den Schleier erahnen. Das gibt vier Monate Hausarrest.«

Motorradfahrer

- ➔ rasen mit 80 Kilometern pro Stunde auf dem Mittelstreifen durch den Stau.
- ➔ öffnen im Krankenhaus die Augen und fragen: »Wo ist meine Maschine? Was kostet die Reparatur?«

MÖNCHE BRECHEN IHR SCHWEIGEGELÜBDE NICHT, SELBST WENN IHNEN DER LEIBHAFTIGE AUF DEN FUSS TRETEN SOLLTE!

- ➔ grüßen sich gegenseitig. Allerdings keine Mofafahrer und andere uncoole Kleinstgefährte.
- ➔ haben Frisurprobleme wegen des Helms. Dafür ist ihr Motorrad immer ordentlich frisiert.
- ➔ klemmen sich Mädchen auf den Rücksitz, die nach der Raserei so schockiert sind, dass sie willenlos mit nach oben gehen.
- ➔ tragen Lederkluft und Nierengurte, die im Falle eines Unfalls wenigstens dafür sorgen, dass die Notärzte die Gliedmaßen nicht allzu lange suchen müssen.

Münchner

- ➔ sind lebensfrohe, koksende Schickimickis in Lederhosen, die ihr halbes Leben vor Türstehern herumstehen, die sie nicht in die In-Diskothek lassen.
- ➔ gehen bei den ersten Sonnenstrahlen in den Biergarten, wo sie bereits nachmittags vier Liter Bier und drei Kilo Brezen verdrücken.
- ➔ bezahlen für ihren Döner doppelt so viel wie die Berliner. Dafür ist der Münchner Döner nur halb so groß. Dasselbe gilt für Wohnungen.
- ➔ fahren im Winter jedes Wochenende zum Skifahren in die Berge. Unterwegs stehen sie mindestens drei Stunden im Stau.

Mütter

- ➔ machen sich fürchterliche Sorgen.
- ➔ machen den besten Apfelkuchen, Schweinebraten, Vanillekipferl etc. der Welt.

MÜTTER WERDEN GEZWUNGEN SACHEN ZU KAUFEN, DIE SIE GAR NICHT KAUFEN WOLLEN.

- ➔ haben keinen Sex, zumindest kann man sich das als Kind nicht vorstellen.
- ➔ erlauben den Kindern alles. Die Väter verbieten alles.
- ➔ haben folgende Lieblingssätze: »Komm nicht so spät nach Hause.« – »Zieh dich warm an.« – »Sei vorsichtig.«
- ➔ glauben irrtümlicherweise, dass rektale Temperaturmessung beim Kind genauer ist als orale.
- ➔ beenden Diskussionen mit den Worten: »Weil ich das so sage.«
- ➔ durchsuchen heimlich die Taschen ihrer Kinder nach Drogen. Dabei entdecken sie einen alten Radiergummi und machen sich fürchterliche Sorgen.
- ➔ legen dem Kind bei Grippe kalte Wadenwickel aus Kohlblättern an, obwohl das Kind schon vom Kohlgeruch sterbenskrank wird.
- ➔ machen ihren Söhnen die Wäsche, auch wenn die bereits 45 Jahre alt sind.
- ➔ erzählen ihren Kindern, dass man schlechte Augen bekommt, wenn man mit einer Taschenlampe unter der Bettdecke liest.
- ➔ pusten den Schmerz einfach weg, wenn sich ihr Kind das Knie aufgeschlagen hat.
- ➔ behaupten: »Pass auf, sonst bleibt's dir«, wenn ihr Kind eine Grimasse schneidet oder absichtlich schielt.

Musiker

- ➔ produzieren CDs, auf denen nur ein gutes Lied ist.
- ➔ erklären bei jedem Konzert: »Ihr seid das beste Publikum, vor dem wir je gespielt haben.«
- ➔ geben dem besten Publikum drei lieblose Zugaben.

- ➔ erkennen noch nicht einmal dann, dass sie schlecht spielen, wenn das Publikum beim Stage diving dezent zur Seite tritt.
- ➔ bekommen pünktlich eine Woche vor dem Konzert eine Stimmbandentzündung und müssen den Auftritt absagen, wenn der Vorverkauf schlecht geht.
- ➔ treten in riesigen Open-Air-Arealen auf, wo 100 000 Personen hineinpassen, aber nur 60 000 Besucher das Konzert hören und nur 30 000 die Bühne sehen können.
- ➔ haben hirnlose Tontechniker, die vor Konzertbeginn zu Testzwecken aufs Mikrofon schlagen und reinpfeifen. Der Lieblingssatz von Tontechnikern heißt: »Eins, zwo, eins, zwo.«

Rock-Musiker:

- ➔ rauchen Haschisch, haben schlechte Zähne, lange Haare, zerrissene Jeans und tragen ein T-Shirt, das zufällig genau da ein Loch hat, wo ihre Tätowierung ist.
- ➔ spielen Gitarre und fangen an mit »House of the rising sun«.
- ➔ üben in einem versifften Keller, der brechend voll ist mit leeren Bierflaschen.
- ➔ fühlen sich wie Rockstars, sobald sie drei Akkorde können. Darauf folgt eine jahrelange Ernüchterungsphase.
- ➔ spielen das erste Konzert im Freizeitheim nebenan vor zwanzig Leuten, betreten die Bühne und rufen »Hallo, Berlin« oder »Hallo, München«.
- ➔ werden Sänger, wenn sie hübsch sind. Die Coolen werden Gitarristen, die harten Jungs werden Schlagzeuger und die Uncoolen Bassisten.

- ➔ suchen sich, wenn sie erfolgreich sind, jeden Tag im Hotel fünf blutjunge Groupies aus und machen eine Orgie, bei der anschließend die gesamte Hoteletage renoviert werden muss.

Heavy Metal-Musiker:

- ➔ sind langhaarige mürrische Gestalten, die unter Totenkopf-Postern schlafen und Geschrei mit Gesang verwechseln. Sie tragen eine Kutte, auf die sie liebevoll ihre »Deathmetal« – und »Fuck Jesus«-Bildchen aufgebügelt haben. Denn eigentlich steckt hinter den grimmigen Gestalten mit der harten Schale, die nebenbei als Automechaniker arbeiten, ein weicher, liebevoller Kern.

Rapper:

- ➔ tragen kniedicke Goldketten um den Hals und lassen sich mit zehntürigen Limousinen durch die Gegend fahren. Sind aber, was ihre Umgangsformen und ihre Intelligenz angeht, noch ganz die Prolo-Rüpel aus den Slums geblieben.
- ➔ sind die einzigen ihrer Familie, die noch leben. Der Rest wurde bei Schießereien und Messerstechereien in der Bronx umgebracht.
- ➔ waren elf Jahre lang wegen Drogenhandels und Raubmords im Knast, ehe sie mit ihrem Lied »Fuck you bitch, I'm the motherfuckin' nigger that needs a blowjob« weltberühmt wurden.
- ➔ fahren in ihren Videos auf dem Rücksitz eines weißen Cabriolets durch die Gegend und werden dabei von zwei scharfen Blondinen eingerahmt, denen sie nach Gutsherrenart an den Hintern greifen.

Boygroups:

➔ sind ein 16-jähriger Blonder, ein 18-jähriger Braunhaariger, ein 17-jähriger Schwarzer und ein 13-jähriger Albino, die allesamt gut aussehen, keine Hautprobleme haben und von einem Musikproduzenten in der U-Bahn angesprochen wurden. Sie üben ein Jahr lang Tanzschritte, trainieren Playback und behaupten fortan, sie hätten keine Freundin. Während ihrer Karriere hängt ihr Poster dann über vier Millionen Teenagerbettchen, und sie bekommen Büstenhalter auf die Bühne geworfen, die zusammengeknotet von Oer-Erkenschwick bis zum Mond reichen würden. Nach zwei Jahren wird die Band aufgelöst und zumindest der Produzent hat eine Menge Geld verdient.

Dancefloor-Sängerinnen:

➔ heißen Sabrina, Sabina oder Sabine.

➔ sind erst über einen Umweg ins Showgeschäft gekommen. Nämlich das Bett ihres Managers.

➔ können nicht singen, sehen dafür aber ausgesprochen gut aus. Sie werden nur fürs Plattencover und für Playback-Konzerte gebraucht. Die Lieder werden von anderen komponiert und von hässlichen Sängerinnen gesungen.

Country-Sänger:

➔ tragen ausschließlich Lederklamotten und laufen breitbeinig durch die Gegend, als hätten sie sich das Genital wund geritten. Treten abends in Country-Läden auf, wo sie mit alten Hähnchenknochen beworfen werden und mehr Geld für das Bier zahlen müssen, als sie Gage bekommen. Der Höhepunkt ihres Lebens ist für sie eine

Reise nach Nashville, wo sie mit einer gemieteten Harley auf einer achtspurigen Autobahn sieben Stunden lang mit 55 Meilen pro Stunde geradeaus fahren.

Volksmusikanten:

➔ kommen aus einem Bergkaff und sehen alle etwas inzestgeschädigt aus. Sie zerren ihre blonde Tochter schon im Alter von elf Jahren auf die Bühne, womit sie den Pädophilenmarkt musikalisch weitgehend abdecken. Sie finden alles »pfundig« und lächeln ununterbrochen, weil sie sich darüber freuen, dass sie trotz ihrer grenzdebilen Texte unzählige Platten verkaufen.

Punk-Gitarristen:

➔ sind unmusikalische Drogenabhängige, die seit zwanzig Jahren mit drei Akkorden auf Tournee gehen und nach jedem Konzert in den alten VW-Bus kotzen, in dem die Band übernachten muss. Sie sind schon zu Konzertbeginn so vollgedröhnt, dass es ihnen schwer fällt, sich ihre wenigen Lieder zu merken, die sich ohnehin kaum unterscheiden: Es geht immer darum, dass sie alles scheiße finden, insbesondere Arbeit, den Staat und frische Socken.

Schlagersänger:

➔ sind seitengescheitelte, großäugige, solariumgebräunte, schmierige, schwule Spießer.

➔ treten in Möbelhäusern auf, wo sie Busladungen voll unzurechnungsfähiger Rentner mit Uraltliedern in Schunkellaune versetzen.

➔ haben beim *Blauen Bock* einen tollen Bembel bekommen.

- ➔ haben Groupies im Alter zwischen fünfzig und siebzig Jahren, die dick geschminkt und mit Goldknopf-Klamotten eine Rose im Plastiksöckchen auf die Bühne schleppen. Dafür bekommen sie vom Schlagersänger einen zärtlichen Kuss auf die Wange gehaucht. Alles Weitere sollte man sich besser gar nicht vorstellen.
- ➔ sammeln die Slips und Unterhosen, die entrückte Frauen auf die Bühne werfen, nach jedem Konzert ein und geben sie ihrem Manager, der sie auf dem Flohmarkt verkauft.

N

Nachbarn Nachrichtensprecher

Nachbarn

- ➔ haben kein Verständnis für Partys.
- ➔ klauen die Zeitung aus dem Briefkasten.
- ➔ grillen bei jeder Gelegenheit auf dem Balkon und räuchern dabei das ganze Haus ein.
- ➔ schlurfen und stapfen frühmorgens tierisch laut durch die Wohnung.
- ➔ haben selbstgetöpferte Namensschilder an der Tür hängen: Hier wohnen Stefan, Paola, Lisa, Leon und Weißpfötchen. Von der Katze hängt auch noch ein Polaroidfoto daneben.
- ➔ üben nachts Stepp-Dance.
- ➔ haben sonntags immer zur selben Uhrzeit Sex.
- ➔ lassen beim Sex das Fenster offen.
- ➔ haben beachtlich lange Sex.
- ➔ haben eine Frau, die beim Sex stöhnt.
- ➔ haben dämliche Bekannte, die immer an der falschen Tür klingeln.
- ➔ haben schreiende Kinder.
- ➔ borgen sich Eier.
- ➔ geben einem faule Eier, wenn man sich selber welche borgt.
- ➔ streiten sich laut.
- ➔ kommen gnadenlos zur Geburtstagsfeier, obwohl man nur aus Anstand auf den Zettel im Flur geschrieben hat: »Alle Hausbewohner sind herzlich eingeladen.«
- ➔ haben einen Hund, der jeden anfällt, der nicht zur Familie gehört.
- ➔ haben hässliche blinkende Weihnachtssterne im Fenster hängen.

- ➔ haben kein Verständnis dafür, dass man sich für die Muttertagsblumen bei ihnen im Vorgarten bedient.
- ➔ machen blitzschnell die Tür zu, wenn man die Treppe hochkommt.
- ➔ bekommen täglich ein Paket und sind nie da, um es entgegenzunehmen.

Nachrichtensprecher

- ➔ sind schwul.
- ➔ haben 365 verschiedene Anzüge. Und 365 hässliche Krawatten, die nicht dazu passen.
- ➔ haben folgenden Lieblingssatz: »Der Beitrag liegt offenbar nicht vor. Jetzt muss ich mal die Regie fragen. Regie, was soll ich tun? Hallo, Regie, hört mich jemand?«

O

Ökos Österreicher
Omas Onkel Opas Ossis
Otto Normalverbraucher

Ökos

- ➔ arbeiten als Kunstlehrer, in der Esoterikbranche, als Künstler, Lehrer oder Sozialpädagogen.
- ➔ tragen selbst gestrickte Pullis im Zeltformat, haben verfilzte, ungewaschene Haare, den »Ich bin Öko«-Nasenring, sackartige Hosen und Holzschuhe. Nachts schlafen sie nackt.
- ➔ färben sich ihre Haare mit Henna rot.
- ➔ sind stolz darauf, dass sie keinen Fernseher haben.
- ➔ kennen aber trotzdem die Regeln von *Glücksrad.*
- ➔ kommen zu Besuch, weil sie fernsehen wollen.
- ➔ haben unglaubliche Angst vor der Volkszählung. Gehen lieber ins Gefängnis als zuzugeben, dass sie 13 Katzen, acht Kinder und gerade mal 2800 Mark brutto zur Verfügung haben.
- ➔ sparen Wasser, besonders bei der Klospülung.
- ➔ duschen nur bei Demonstrationen unter dem Wasserwerfer.
- ➔ haben einen Garten, der als Schandfleck der gesamten Nachbarschaft gilt.
- ➔ glauben, dass Autokonzerne längst ein Auto entwickelt haben, das einen Liter Benzin auf 590 Kilometer verbraucht, aber wegen der Öl-Lobby unter Verschluss gehalten wird.
- ➔ sind große Bastelfreunde: Sie töpfern, schnitzen und häkeln, was das Zeug hält.
- ➔ verschenken die selbst gebastelten Staubfänger bei jeder Gelegenheit.
- ➔ kaufen in Naturkostläden ein, wo nicht nur das Obst einen gammeligen Eindruck macht, sondern auch die Verkäufer.
- ➔ haben ihr Haus selbst ausgebaut und ökologisch mit

Solartechnik aufgerüstet. Seitdem gibt es zumindest an zwei der vier Augustwochenenden lauwarmes Wasser.

- ➔ haben zwei Wochen nicht bei Shell getankt, um gegen die Versenkung der »Brent Spar« zu protestieren.
- ➔ träumen von einem Ferienhaus in der Toskana, wo sie mit ihren elf Kindern hinradeln können.
- ➔ verbringen einen großen Teil ihrer Freizeit beim Mülltrennen und haben Todesängste davor, dass versehentlich ein Papierfetzen in den Restmüll gelangt.
- ➔ finden es schlimm, dass für dieses Buch Bäume sterben müssen.
- ➔ finden es ganz schlimm, dass im letzten Jahr der Blaubartdrössling, der gemeine Ohrenfleck-Lippfisch und die grüne Dotterleger-Schabrake ausgestorben sind.
- ➔ machen das Licht aus, wenn sie aus dem Raum gehen.
- ➔ machen die Heizung aus, wenn sie aus dem Raum gehen.
- ➔ waschen sich die Hände mit 60 Milliliter Wasser.
- ➔ finden Atomenergie voll doof.
- ➔ finden Atomenergie wirklich so was von voll atze.
- ➔ besuchen jedes Wochenende Lichterketten gegen Atomenergie.
- ➔ tragen durch ihre dauernden Lichterketten und den damit verbundenen CO_2-Ausstoß Mitschuld am Ozonloch, was sie aber nicht einsehen.
- ➔ haben noch eine Lieblingsbeschäftigung neben Mülltrennen: Sitzstreiken. Wenn sich zehn Ökos treffen, dann setzen sie sich vor irgendein Tor und machen einen Sitzstreik. Dort sitzen sie so lange, bis sie die Polizei wegträgt. Dabei strampeln sie und rufen laut ihren Namen, weil sie Angst davor haben, von der Polizei in ein geheimes Arbeitslager verschleppt zu werden.

ÖKOS DUSCHEN NUR AUF DEMOS

- ➔ schenken Polizisten auf Demonstrationen Blumen, werden aber trotzdem verprügelt.
- ➔ fühlen sich von Joschka Fischer verraten.
- ➔ finden Krieg voll doof.
- ➔ sind stolz darauf, dass sie die Ersten in der Nachbarschaft waren, die eine Soda-Club-Maschine hatten.
- ➔ kochen gerne ein Kieselerde-Tofu, das sie mit Sanddorn-Rhabarber-Saft oder einem lauwarmen Brennnesseltee genießen.
- ➔ tragen Kröten über die Straße. Geben tausende Mark für einen Krötentunnel aus, dessen Eingang die dummen Kröten aber nicht finden.
- ➔ sind überzeugt davon, dass man vom Grillen mit Holzkohle sofort Krebs bekommt.

Österreicher

- ➔ haben Fußballkommentatoren, die zehn Minuten lang schreien, wenn ihr Team ein Tor schießt.
- ➔ singen gerne. Ihre größten Exportschlager sind Schlagersänger. Die schlimmsten sind Udo Jürgens und Hansi Hinterseer.
- ➔ sind Betrüger. Die bekanntesten Gauner sind die Kellner. Sie verkaufen Apfelsaftschorle ohne Apfelsaft. Eine weitere international berüchtigte kriminelle Vereinigung sind die Fiakerfahrer.
- ➔ emigrieren nach Deutschland, wo sie als Fernsehchefs, Fußballer oder Diktatoren die Piefkes aufmischen.
- ➔ arbeiten als Hüttenwirte und hängen überall Glöckchen auf, damit betrunkene Deutsche ihnen Obstler ausgeben müssen. Dafür verlangen sie horrende Summen und

behaupten, auf der Hütte müsse alles so teuer sein, weil die Lebensmittel heraufgetragen werden. Neben der Hütte parkt allerdings ein Jeep.

➔ wollen berühmt werden. Aber nur Sissi und Arnold Schwarzenegger haben es wirklich geschafft.
➔ haben zwar nicht das Geld erfunden, dafür aber Methoden, wie man es am leichtesten verdient: die genialste ist wohl das »Pickerl«. Außerdem bitten sie vorzugsweise Fahrzeuge mit nicht-österreichischem Kennzeichen zur Sofortkasse bei Geschwindigkeitsüberschreitungen.
➔ haben die schlechteste Fußballmannschaft der Welt.
➔ sind Meister im Verdrängen von Niederlagen. Nach der 0:9-Pleite gegen Spanien in der Qualifikation zur Fußballeuropameisterschaft erinnerte sich niemand mehr an das 0:1 gegen die Faröer-Inseln. Nur den Sieg 1964 gegen Deutschland bei der Weltmeisterschaft in Cordoba haben sie bis heute nicht vergessen.
➔ können zehn Tage von der Außenwelt abgeschnitten in eingestürzten Bergwerksstollen überleben.
➔ sind stolz auf ihre Prominenten. Nur über Hitler sagen sie, er wäre ein Deutscher gewesen.
➔ verwenden unverständliche Worte: Tomaten heißen Paradeiser, Kartoffeln Erdäpfel und Blutwurst Blunzen.
➔ geben den Deutschen beim Grand Prix Eurovision de la Chanson eigentlich nie einen Punkt.
➔ haben nur Skigebiete, in denen an Weihnachten kein Schnee liegt.
➔ haben weltberühmte Gerichte geschaffen: Salzburger Nockerln, Wiener Würstel, Kaiserschmarrn und das Wiener Schnitzel (in Österreich muss es klodeckelgroß sein).

- ➔ glaubten, als Ötzi gefunden wurde, er sei einer von ihnen: 5000 Jahre alt und sieht aus wie Niki Lauda.
- ➔ sind Grantler. Die häufigsten Sätze, die man als Tourist hört, sind: »Hamma net.« – »Kenn i net.« – »Da könnt ja a jeder kemma.«
- ➔ wollen keine Europäer sein. Trunken von Nationalstolz und Obstler nennen sie ihren Schilling liebevoll Alpendollar.
- ➔ sagen, wenn jemand stirbt und in den Sarg kommt: »Der hat sich den Holzpyjama angezogen.«
- ➔ flirten gerne mit Frauen und gelten als unglaublich charmant. Bringen allerdings nur ein altbackenes »Küss die Hand, gnädige Frau« heraus.
- ➔ trauern den Zeiten nach, als ihr Land noch kaiserlich und königlich war. Beim Wiener Opernball sind sie einen Abend lang wieder ganz nahe dran. Doch dann kommt doch bloß Baulöwe Lugner mit einer tief dekolletierten Amerikanerin.
- ➔ haben eine hohe Affinität zum Tod und stehen auf Platz drei der internationalen Selbstmordstatistik. Das macht sich besonders positiv bei Rennfahrern und Abfahrtsläufern bemerkbar.
- ➔ sitzen den ganzen Tag in Kaffeehäusern namens »Havelka« und trinken Kaffee. Es ist eine große Kunst, den richtigen Kaffee zu bestellen: Leicht zu verwechseln sind etwa der große Braune mit Schlagobers, der Melange und der Verlängerte.

Omas

- ➔ heißen: Adele, Anna, Anneliese, Brunhilde, Cecilia, Elisabeth oder Rosamund.
- ➔ kaufen immer zu den ungünstigsten Zeiten ein, obwohl sie

den ganzen Tag nichts zu tun haben. Am liebsten dann, wenn es berufstätige Leute besonders eilig haben. Sie kramen den Betrag für Katzenstreu, Wellensittich-Kekse und *Frau mit Herz* stundenlang mit zittriger Hand zusammen, bis selbst der Geduldigste in der Schlange den Generationenvertrag zerreißen will.

- ➔ erkämpfen sich die Sitzplätze in der Straßenbahn mit Stock und ausgefahrenem Ellbogen. Auch wenn in der Trambahn sämtliche Sitzplätze frei sind, wollen sie sich genau dahin setzen, wo ein junger Mensch sitzt. Selbst wenn der Platz in Sekunden geräumt ist, beklagen sie sich lautstark über die Rücksichtslosigkeit der Jugend.
- ➔ werden von jungen Menschen oft für Nazis gehalten, ungeachtet der Tatsache, dass eine heute 68-jährige bei Kriegsende noch nicht einmal in der Pubertät war.
- ➔ schauen sich stundenlang – tierisch laut – die Fernsehübertragung des Ostersegens vom Papst in 72 Sprachen an, obwohl sie nicht einmal Englisch sprechen.
- ➔ lesen am liebsten Illustrierte wie *Frau mit Herz, Die Aktuelle* oder *Goldenes Blatt*. Sie glauben jede Geschichte, selbst wenn auf dem Titelbild Caroline von Monaco mit Baby im Arm gezeigt wird, obwohl sie gerade erst schwanger wurde. Sie finden das Sexualleben von Königen und Prinzessinnen grundsätzlich ausschweifend und geschmacklos.
- ➔ kommen nicht über den Tod von Lady Diana hinweg. Sie glauben an eine Verschwörung des israelischen Geheimdienstes.
- ➔ stecken ihren Enkelkindern, bevor sie gehen, noch einen Geldschein zu und sagen: »Aber kauf dir keine Süßigkeiten.«

- ➔ backen die besten Plätzchen. Besonders Vanillekipferl oder die mit Marmelade in der Mitte. Sie haben mindestens zwölf Tupperware-Dosen mit Keksen im Schrank.
- ➔ lösen den ganzen Tag Kreuzworträtsel. Sie kennen jeden Fluss in der Ukraine mit sechs Buchstaben und den Schutzheiligen der Spargelbauern mit elf Buchstaben, haben aber keine Ahnung, wie der deutsche Verteidigungsminister heißt.
- ➔ verlangen beim Apotheker zehn Packungen Gratis-Taschentücher.
- ➔ bekommen von ihren Enkelkindern selbst gepflückte Blumen aus dem Nachbargarten geschenkt.
- ➔ treffen sich nachmittags mit ihren Freundinnen. Dabei geht es um folgende Gesprächsthemen: Darmträgheit, Gallensteine, Gehirntumore, Magengeschwüre, die unhöfliche Sprechstundenhilfe von Doktor Beierlein, der Papst sieht krank aus, der Pfarrer sieht krank aus und der neue Zivildienstleistende sieht ungepflegt aus.
- ➔ haben ihren Ehemann in der Tanzschule kennen gelernt. Er hat bei ihren Eltern um die Hand angehalten.
- ➔ sind seit 58 Jahren verheiratet.
- ➔ sind ihrem Ehemann treu geblieben.
- ➔ behandeln Opas Rheuma, indem sie ihn mit Franzbranntwein einschmieren. Hinterher genehmigen sie sich davon ein Gläschen.
- ➔ fahren jeden Sonntagnachmittag mit der Trambahn zum Friedhof und jäten Unkraut
- ➔ sind umso ekelhafter, je mehr Geld sie zu vererben haben. Engelsgleiche Omis sind arm.
- ➔ halten Ohrringe, Rockmusik, Tätowierungen und lange Haare für Teufelszeug.

- ➔ spielen Lotto und tippen dabei die Geburtstage ihrer Enkel.
- ➔ verirren sich gelegentlich, lassen sich das aber nicht anmerken.
- ➔ haben ihr Geld zwischen den Miedern in der Schublade versteckt. Banken vertrauen sie nicht.
- ➔ lieben Volksmusiksendungen und wünschen sich einen Schwiegersohn, der aussieht wie Patrick Lindner (bestreiten, dass Lindner schwul ist).
- ➔ haben einen Pudel, dem sie ein selbst gehäkeltes Kleid überziehen, sobald es kühler wird.
- ➔ färben sich die Haare braun und nehmen nachts ihre dritten Zähne heraus (Opa setzt sich mindestens einmal im Leben rein).
- ➔ weigern sich, ein Testament zu machen.
- ➔ behaupten, dass früher alles besser war. Obwohl sie sich sonst an nichts mehr erinnern können.
- ➔ schleppen bei Kaffeefahrten kiloweise Butter ab und ein chinesisches Teeset. Lassen sich eine Lama-Heizdecke für 1700 Mark aufschwatzen.
- ➔ haben hunderte Marmeladegläser im Vorratsraum. Ihre Marmelade schmeckt besser als gekaufte.
- ➔ stricken monatelang liebevoll an einem Pullover als Weihnachtsgeschenk, der allerdings so kratzt, dass man ihn nie anzieht.
- ➔ haben tolle Hausrezepte gegen Grippe entwickelt, die zwar nicht wirken, einen aber tierisch aus dem Mund nach Knoblauch stinken lassen.
- ➔ waren schon seit dreißig Jahren in keinem Möbelgeschäft mehr.
- ➔ haben sich gerade einen riesigen Fernseher gekauft.

Wissen aber nicht, wie man die Kanäle programmiert oder in den Video-Text kommt.

- schwärmen von ihrem Fußpfleger.
- fallen auf Trickdiebe herein. »Ich komme von den Stadtwerken, wir kontrollieren die Bargeldbestände in diesem Viertel.«
- starren einen die ganze Zeit mit dem Das-geschieht-dir-recht-früher-hätte-es-das-nicht-gegeben-Blick an, wenn man beim Schwarzfahren erwischt wird.
- fahren eine Stunde lang mit ihrem Treppenlift in die zweite Etage des Hauses.
- machen bei allen möglichen Preisausschreiben mit. Gewinnen dabei billige Wasserbälle, T-Shirts mit Werbeaufdruck oder, wenn sie richtig tattrig und halb blind sind – ein Sportcabriolet.
- sagen: »Opa würde sich im Grabe umdrehen, wenn er wüsste, dass du jetzt als Pornostar groß rauskommst.«

Onkel

- glauben, dass derjenige, der als Erster anruft, wenn jemand Geburtstag hat, als besonders naher Verwandter gilt, und wecken einen deshalb jedes Jahr am Geburtstag um sechs Uhr morgens.
- kommen gerne zur Essenszeit vorbei, sobald sie Witwer sind.
- erzählen auf jeder Party denselben schweinischen Witz, über den sie sich totlachen, während der Rest der Verwandtschaft betreten zu Boden blickt.
- schenken ihrem fünfjährigen Neffen ein Plastikmaschinengewehr mit Geräusch.

Opas

- ➔ können sich erst dann einen Sportwagen leisten, wenn sie so taub sind, dass sie es nicht mehr merken, wenn der Notarztwagen mit eingeschalteter Sirene schon seit einer halben Stunde vergeblich versucht, an ihnen vorbeizufahren.
- ➔ finden, dass Hitler gar nicht so schlecht war, weil er doch die Autobahnen gebaut hat. In ihrer Altersdemenz haben sie allerdings vergessen, dass damals niemand ein Auto hatte, um auf den Autobahnen zu fahren.
- ➔ kaufen sich ein Toupet. Oma verbietet ihnen, es zu tragen.
- ➔ blinken im Auto schon zehn Kilometer, bevor sie abbiegen wollen.
- ➔ lehnen sich den ganzen Tag auf ein Kissen gestützt aus dem Fenster und bewachen die Mülltonnen, damit die Kinder aus dem Haus nicht darin spielen.
- ➔ können dank Viagra endlich wieder Sex haben. Nur Oma macht nicht mehr mit.

Ossis

- ➔ standen früher stundenlang in der Schlange, um Obst und Gemüse zu kaufen. Heute stehen sie im Arbeitsamt Schlange.
- ➔ verbrachten ihre Jugend damit, Kraniche für Hiroshima zu falten und Postkarten nach Südafrika zu schicken, damit Nelson Mandela freikommt.
- ➔ glauben, dass Schwarzer Afghane eine Rassekatze ist. Früher gab es im Osten kaum Drogen. Die einzige Möglichkeit, high zu werden, bestand darin, an Bürokleber zu schnüffeln.

- ➔ betonen bei jeder Gelegenheit, dass auch sie den Solidaritätszuschlag zahlen müssen.
- ➔ hoffen noch immer auf die blühenden Landschaften, vor allem die Leute in Bitterfeld, Leuna und Eisenhüttenstadt. Bis vor zehn Jahren wussten die Ossis dort nicht einmal, dass Luft durchsichtig sein kann.
- ➔ haben heimlich Westfernsehen geguckt. Außer im Tal der Ahnungslosen: in Sachsen.
- ➔ leben glücklich im Plattenbau. Überhaupt berichten Ossis gewöhnlich ungefragt von ihrer glücklichen Jugend.
- ➔ hatten immer genügend Parkplätze.
- ➔ nennen ihre Fußballclubs Dynamo Dresden, Fortschritt Bischofswerda, Energie Cottbus oder aber Aktivist Brieske Senftenberg.
- ➔ fühlen sich als Bürger zweiter Klasse. Benehmen sich auch so.
- ➔ verstehen nicht, warum die Treuhand ihre maroden Betriebe für den symbolischen Betrag von einer Mark an West-Konzerne verkauft hat. Erklären am Stammtisch: »Ich hätte auch zwei Mark bezahlt.«
- ➔ verstauen ihre Habseligkeiten in bunt bedruckten Nylon-Beuteln, die sie überall mit sich herumtragen.
- ➔ stellen sich an, wenn sie das Ende einer langen Schlange sehen, ohne zu wissen, *was* es da gibt. Es reicht ihnen zu wissen, *dass* es da was gibt. Die Verkäufer im Osten fragen nicht: »Darf's noch was sein?«, sondern mosern: »Ist das jetzt alles?«
- ➔ waren erst Junge Pioniere, dann Thälmannpioniere, bereiteten sich im Zirkel unter der blauen Fahne auf die Mitgliedschaft in der Freien Deutschen Jugend vor, wurden Mitglieder in der Deutsch-Sowjetischen-Freundschaft, im

Freien Deutschen Gewerkschaftsbund und schließlich in der Sozialistischen Einheitspartei Deutschlands. Jetzt sind sie nur noch im ADAC.

➔ tippten nach der Wende beim Gemüsehändler auf die Gurken und fragten: »Entschuldigung, werden die Bananen noch gelb?«
➔ gingen zu Wahlen, bei denen 99,6 Prozent Zustimmung als schlechtes Ergebnis galten.
➔ wollen die Mauer wiederhaben, aber die D-Mark behalten.
➔ klagen bei Olympischen Spielen: »Früher haben wir alleine viel mehr Medaillen gewonnen.« Verlieren aber kein Wort darüber, dass die DDR-Schwimmerinnen einen Bart hatten.
➔ freuen sich immer noch diebisch, dass Juri Gagarin der erste Mensch im Weltraum war.
➔ sind es nicht gewöhnt, zu arbeiten. Ossis wollen beschäftigt werden.
➔ haben sich die Reisefreiheit erkämpft. Kommen jetzt trotzdem nicht weg, weil sie nicht genug Geld für einen Urlaub haben.
➔ tanzen in der Disko nur im Sitzen auf ihren Stühlen.
➔ hatten früher als einziges Fruchtsaftgetränk die Sorte Rhabarber im Angebot.
➔ fühlten sich im Urlaub am Balaton auch mal kurz wie Wessis, weil die Bulgaren so arm dran waren, dass sie sogar Ostmark haben wollten.
➔ studierten Marxismus-Leninismus an der Lomonossov-Universität in Moskau. Heute wundern sie sich, dass sie trotz Hochschulstudium arbeitslos sind.
➔ hatten Grenzsoldaten, deren Warnschüsse tödlich waren.

OSSIS STELLEN SICH AN, WENN SIE DAS ENDE EINER LANGEN SCHLANGE SEHEN.

➔ versuchten mit Luftmatratzen auf der Ostsee in den Westen zu paddeln.

Otto Normalverbraucher

➔ das bist du.

P

Patienten Pessimisten Pfarrer Piloten
Piraten Polen Politiker Polizisten
Porno-Darsteller/innen Postbeamte
Postboten Proleten
Proleten, ausländische
Psychologen Punker Putzfrauen

Patienten

- ➔ liegen zu sechst auf einem Zimmer. Einer wimmert ständig vor Schmerzen, so dass die anderen nicht einschlafen können.
- ➔ wachen während der Operation auf und müssen hören, wie sich der Doktor bei seinem Assistenzarzt über sein Golfhandikap beklagt.
- ➔ wollen unbedingt vom Chefarzt operiert werden, obwohl der in der ganzen Klinik von moderner Medizin am allerwenigsten Ahnung hat.

Pessimisten

- ➔ zünden sich eine Zigarette an, damit der Bus kommt.
- ➔ mussten erfahren, dass die Sonne in fünf Milliarden Jahren explodiert. Finden, dass deshalb alles irgendwie keinen Sinn mehr macht.

Pfarrer

- ➔ predigen jeden Sonntag zu Themen, die im Grunde jeder halbwegs denkende Mensch längst kennt. Gesellschaftliche Phänomene behandeln sie mit zehn Jahren Verspätung.
- ➔ begrabschen die Ministranten.

Piloten

- ➔ haben Affären mit den Stewardessen.
- ➔ machen Durchsagen, bei denen man als Passagier Angst bekommt: Mit leicht angetrunkenem, verschlafenem

Unterton verwechseln sie bei den Flugdaten ein paar Kleinigkeiten: »Wir überfliegen gerade den Atlantik, äh, ich korrigiere mich, den Pazifik. Die Außentemperatur beträgt 145 Kelvin, das entspricht 97 Mark und 50 Pfennig. Zu unserer Rechten sehen Sie jetzt Sansibar, äh, tja, noch eine Durchsage für unsere Flugbegleiterinnen: Susi, der Heinz will noch 'nen Kaffee mit Schuss.«

➔ haben Geliebte in allen größeren Städten der Erde.

Piraten

➔ tragen ein gestreiftes Hemd mit Flicken und eine Augenklappe. Weil sie ihren Arm verloren haben, tragen sie stattdessen einen Eisenhaken. In ihrem Holzbein ist eine geheime Schatzkarte versteckt.

➔ haben allerdings leider vergessen, wo die Schatzinsel liegt.

➔ tragen einen Papagei auf der Schulter.

➔ ernähren sich von Rum.

➔ sitzen im Kerker und schicken eine Flaschenpost an ihre Freunde. Die alten Kameraden finden die Flasche zufällig 8000 Kilometer entfernt und eilen zur Rettung herbei.

➔ werden nach einer Meuterei auf einer einsamen Insel ausgesetzt und müssen sich aus Palmen ein Floß basteln.

Polen

➔ sind immer mit Tüten unterwegs.

➔ exportieren Wertgegenstände und Autos aus Deutschland, ohne dabei den üblichen Weg der Übertragung des Besitzanspruchs zu wählen.

➔ haben immerhin den Papst hervorgebracht.

Politiker

- ➔ antworten auf die Frage, ob sie gerne Parteivorsitzender werden möchten, nicht mit Ja oder Nein, sondern mit: »Sollte mich die Parteibasis in die Verantwortung nehmen, werde ich alles versuchen, um das Vertrauen zu rechtfertigen.«
- ➔ bedanken sich nach jeder Wahl erst mal beim Wähler, um gleich darauf zu verkünden, dass sie sich trotz eines Stimmenverlustes von 10 Prozent nicht als Wahlverlierer fühlen.
- ➔ schieben den Demoskopen die Schuld für die schlechten Wahlergebnisse in die Schuhe, weil sie mit ihren Prognosen den Wähler im Vorfeld der Wahl verunsichert haben.
- ➔ machen nach der Wahl aus einem Versprechen einen Versprecher.
- ➔ lassen sich fürs Fernsehen vor einer Bücherwand filmen, damit die Zuschauer glauben, dass sie klug seien.
- ➔ werden von ihrer Partei nach Brüssel zur EU geschickt, wenn sie in Deutschland versagt haben. Sie bekommen das doppelte Gehalt, können aber keinen Schaden mehr anrichten.

Polizisten

- ➔ haben kurze Haare und einen Schnurrbart.
- ➔ sind so hinterhältig, sich mit ihrer Radarpistole ausgerechnet bei den Geschwindigkeitsbegrenzungen auf die Lauer zu legen, an die sich kein vernünftiger Mensch hält.
- ➔ machen mit Zeugen Gegenüberstellungen, bei denen sie

sieben Typen aufstellen, die sich überhaupt nicht ähnlich sehen.

- wissen, wie man einen Beschuldigten beim Geständnis verhaut, ohne dass es ein Arzt später sehen kann.
- sprechen über ein Megaphon mit dem Gangster, der sich in einem Haus verschanzt hat: »Jeder Widerstand ist zwecklos, wir haben das Gebäude umstellt.« Dabei ist der Gangster schon seit Stunden geflüchtet.
- fahren mit Blaulicht zum Brötchenholen.

Porno-Darsteller/innen

- halten sich für richtige Schauspieler/innen. Schließlich haben auch Pornofilme eine richtige Handlung. Da sitzt eine Hausfrau etwa zu Hause am Pool, und dann kommen völlig überraschend fünf Poolreiniger, die sie mit »Kommen Sie doch herein« begrüßt. Dann folgen 90 Minuten Sexszenen.

Postbeamte

- sitzen hinter einem »Schalter geschlossen«-Schild und langweilen sich offenkundig, während an dem geöffneten Schalter eine endlose Schlange wartet.
- verlangen für jeden Mist ein ausgefülltes Formular.
- machen den ganzen Tag nichts anderes, als Briefmarken zu verkaufen, müssen sich dennoch erst mal nach dem Preis erkundigen, wenn man ein Päckchen nach Amerika schicken will.
- finden Briefmarkensammeln sinnvoll.

- ➔ sind nebenbei noch die unfähigsten Bankangestellten der Welt.
- ➔ haben winzig kleine Durchreichen im Schalter, durch die kein normales Päckchen passt.
- ➔ sind an jedem Ersten des Monats restlos überfordert, wenn Millionen von Rentnern ihre Kohle abholen.
- ➔ verkünden, nachdem man sich eine Stunde lang angestellt hat, dass Einschreiben nur am Schalter ganz links bearbeitet werden.

Postboten

- ➔ tragen eine Salami bei sich, um heranstürmende Hunde daran zu hindern, sie ins Bein zu beißen.
- ➔ legen einem Zettel in den Briefkasten, auf denen ganz groß geschrieben steht: »Holen Sie Ihren Brief im Postamt ab.« Was ganz winzig danebensteht, zeigen sie einem, wenn man sich noch am selben Abend durch den Regen zum Postamt gekämpft hat: »Aber nicht vor übermorgen.«
- ➔ geben das superwichtige Paket bei der tattrigen Oma nebenan ab, die es in die Ecke legt und stirbt.
- ➔ lesen die Postkarten.
- ➔ kommen erst nachmittags, wenn man einen wichtigen Brief erwartet.

Proleten

- ➔ tragen die Haare rituell vorne kurz und hinten lang («Vokuhila«). Diese Frisur wird gerne mit Dauerwelle und Schnauzbart kombiniert.

- ➔ arbeiten als Automechaniker oder Handwerker. Frauen sind Friseusen oder Sekretärinnen.
- ➔ tragen Ohrringe und selbst gemachte Tätowierungen. Die machen sie, indem sie sich mit Zirkel und Tinte den Namen ihrer Lieblingsprostituierten in den Oberarm stechen (gerne auch einen Anker, ein Herz oder einen Teufel). Die Proletinnen, auch Tussis genannt, achten auf ausreichend Schminke (hellblauen Lidschatten und blaue Wimperntusche) und tragen eine MCM-Handtasche (die Abkürzung steht für Muschi-Club München).
- ➔ tragen T-Shirts von »Planet Hollywood« oder vom »Hardrockcafé«. Je weiter die Cafés weg waren, umso cooler. In der Fußgängerzone von Dingolfing gilt man mit Sidney-T-Shirt als Chef. Auch im Urlaub besucht der Prolet nur Hardrockcafés, weil er große Angst vor Durchfall hat und gerne Songs von Led Zeppelin hört.
- ➔ haben T-Shirts mit lustigen Aufdrucken, die sogar noch die Aufkleber auf ihren Stoßstangen übertreffen: »Ich bin über 30 – helfen Sie mir bitte über die Straße«, »Gehen wir zu dir oder zu mir?« oder »Bier formte diesen wunderschönen Körper.«
- ➔ wählen als Beinkleid entweder Leder- oder Jogginghosen. Darunter tragen sie Cowboystiefel.
- ➔ knöpfen das Hemd mindestens fünf Knöpfe auf. Schließlich sollen die Frauen ruhig sehen, dass sie kein Brusthaartoupet brauchen.
- ➔ wählen als Zentrum ihres Lebens das tiefer gelegte Auto (VW Golf GTI, VW Scirocco oder irgendein Opel mit 16 Ventilen): mit abgedunkelten, verspiegelten Scheiben, wahlweise »Pioneer« – oder »Kenwood«-Aufkleber auf der Rückscheibe, Fuchsschwanz an der Antenne,

Rallyestreifen, Breitreifen, Spoiler, Rennsitze mit Sportgurten, Lufthutzenattrappe, Sportauspuff. Obligatorisch ist weiterhin der Duftbaum und ein Golfball als Schaltknauf.

➔ verbringen das Wochenende im Auto-Club, wo sie ein »gepflegtes Bier« oder ein Stamperl trinken, über Radarmeldegeräte fachsimpeln und anschließend Wettrennen über rote Ampeln fahren.

➔ lieben das Geräusch des Auspuffs, der so laut knattern muss wie ein Düsenjet beim Landeanflug.

➔ müssen alle drei Monate die Reifen wechseln, weil sie andauernd mit angezogener Handbremse und durchgetretenem Gas anfahren. Wer die längste Gummispur auf die Straße legt, gilt als König.

➔ fahren den ganzen Tag mit tierisch lauter Techno-Musik und heruntergekurbelten Fenstern vor Straßencafés auf und ab und halten das für cool. In Sachen Auto-Hi-Fi gelten 68 Boxen und 25 000 Watt als Standard. Dabei gilt es als Kunst, die Lautstärke gerade so zu justieren, dass die Vibration noch nicht die Scheiben eindrückt. Weil die Boxen nicht in den Kofferraum passen, haben sie auch gleich noch die Rückbank ausgebaut. Viele Proleten werden von einem 96-tonnigen Feuerwehrlöschzug überrollt, weil sie das Martinshorn nicht hören.

➔ haben folgende Lieblingsaufkleber: »Bitte nicht abschleppen! FLUCHTAUTO« – »Stoppt Tierversuche! Nehmt GTI-Fahrer!« oder »Warum heiraten? Leasing ist doch so einfach!«

➔ schauen sich abends auf DSF die schönsten Crashs der Monster-Truck-Geschichte an.

➔ gehen auf Stuntshows und hoffen, dass der Stuntman mit

seinem Motorrad nicht nur über acht Autos springt, sondern auch gleich dem Tod auf die Schippe.

- ➔ kurbeln an der Ampel das Fenster herunter und schütten den Inhalt ihres vollen Aschenbechers auf den Grünstreifen.
- ➔ leben im Umland von Großstädten, wo sie im Alter von 16 Jahren mit geklauten Autos in Vorstadtdiskotheken zu rasen beginnen. Anhand der Kreuze am Straßenrand lässt sich die regionale Proletendichte leicht hochrechnen.
- ➔ akzeptieren Frauenfußball nur unter der Bedingung des Trikottausches.
- ➔ lieben die spannenden Reportagen auf RTL 2. Nirgendwo lernt man so viel über die auswärtige Prostituiertenszene. Außerdem kann es immer sein, dass man gute Kumpels entdeckt, die gerade im Ballermann über einen Eimer Sangria gebeugt hocken. Und nebenbei kann man sich bei den Oben-ohne-Szenen gleich noch einen runterholen.
- ➔ spielen an den Geldautomaten in der Kneipe. Wenn sie die Risikoleiter hochdrücken, halten sie den nächsthöheren Betrag mit der Hand zu. Wenn sie ein paar Sonderspiele haben und dabei sind, einen Bruchteil dessen wiederzugewinnen, was sie bereits verloren haben, stehen sie breitbeinig vor dem Kasten und murmeln: »Das habe ich gespürt, der war heute reif.«
- ➔ besuchen nur Diskotheken, die jeden Abend Stripshows oder Wet-T-Shirt-Wettbewerbe veranstalten, wo Proletinnen erst mit Schnaps gefügig gemacht werden und dann mit feuchten Leibchen abschleppbereit stehen. Auch in der Disko gilt es als besonders schick, durch den regelmäßigen Griff in den Schritt Paarungsbereitschaft zu signalisieren.

- ➔ stehen unheimlich auf amerikanische Actionfilme. Warum sollten Schauspieler reden, wenn sie auch rumballern können. Und am Ende wird immer alles gut.
- ➔ kauen laut schmatzend Kaugummi, den sie alle halbe Stunde durch die Gegend spucken oder unter den Tisch kleben, an dem sie gerade sitzen.
- ➔ schauen ins Taschentuch, nachdem sie sich die Nase geputzt haben.
- ➔ waren noch nie in ihrem Leben im Theater oder in der Oper. Dafür schon zweimal in einem tollen Musical.
- ➔ kaufen sich den *Playboy* und behaupten, sie würden es wegen der anspruchsvollen Artikel und der Witze tun.
- ➔ verwenden Flirt-Sprüche, die sie sich aus Titten-Heftchen merken. Folgende Anmachtexte sind besonders beliebt: »Deine Beine gefallen mir. Über meinen Schultern würden sie mir noch besser gefallen«, »Du trägst ein wunderschönes Kleid. Darf ich dir heraushelfen?« oder »Sumsen find ich buper«.
- ➔ besuchen nachmittags eine Talkshow, wo sie ihre Ex-Freundin als fette Schlampe beschimpfen, weil sie mit einem Zuhälter durchgebrannt ist.
- ➔ finden es normal, dass eine Frau eine Tracht Prügel bekommt, wenn sie widerspricht.
- ➔ finden es normal, dass eine Frau eine Tracht Prügel bekommt, wenn der vage Verdacht besteht, dass sie mit einem anderen Mann geflirtet hat.
- ➔ beweisen ihre Männlichkeit, indem sie Silvesterknaller in der Hand behalten.
- ➔ kaufen sich von ihrem Lottogewinn als Erstes einen Lamborghini.

Proleten, ausländische

- kommen aus der Türkei oder dem ehemaligen Jugoslawien und leben in Plattenbau-Siedlungen. Sie sind in Banden organisiert, die sich jeden Abend an U-Bahnhöfen und auf Parkbänken treffen. Sie fragen jeden, der vorbeiläuft: »Ey, Alter, was guckst du so? Willst du Stress, oder was?«
- tragen weite Trainingsanzüge und Turnschuhe mit dicken Sohlen. Das Geld für die Kleidung haben sie sich zusammengespart – aus den Schutzgeldern, die die anderen Jugendlichen des Viertels an sie zahlen müssen.
- spülen im Pissoir, bevor sie pinkeln.
- haben immer ein Autoradio zu verchecken, das angeblich jemand aus der Clique gefunden hat, nachdem es vom Laster gefallen ist.
- schicken ihren kleinen Bruder vor. Gibt es Ärger, kommt die ganze Gang zum Schlägern um die Ecke.
- legen unheimlichen Wert auf die Familienehre. Wird ein Familienmitglied beleidigt, kommt gleich der ganze Clan mit Baseballschlägern vorbei.
- sprechen schlagartig kein Wort Deutsch mehr, wenn die Polizeibeamten um die Ecke kommen.
- sprechen einen eigenen Prolo-Slang. Jeder Satz endet mit »Ich schwör«. Außerdem ist alles »krass«, wenn nicht »fett krass« oder gar »krassomat«.

Psychologen

- sind grauhaarig, bärtig, tragen eine Brille, rauchen Pfeife und sitzen auf einem riesigen Ohrensessel neben einer Corbusier-Couch. Psychologinnen sind Esoterikerinnen, Hippies und ähneln Sozialpädagogen.

PSYCHOLOGEN ...

REDUZIEREN ALLES AUF SEX.

- ➔ vermitteln den Eindruck, sie könnten einem ins Innerste sehen, verwenden aber im Grunde nur den gesunden Menschenverstand.
- ➔ reduzieren alles auf Sex.
- ➔ tippen auf Penisneid, wenn Frauen Probleme haben.
- ➔ tippen auf den nicht abgearbeiteten Ödipuskomplex, wenn Männer Probleme haben.
- ➔ lassen sich einen Baum malen und wollen daraus die Persönlichkeit erklären.
- ➔ verlieben sich in Verbrecher, über die sie ein Gutachten erstellen sollen, und verhelfen dem Knacki zur Flucht: »Er ist ganz anders, als die Zeitungen immer schreiben.«
- ➔ sind im Grunde einfach Menschen, die einem zuhören und dafür 300 Mark in der Stunde verlangen.

Punker

- ➔ haben bunte Haare, tragen möglichst fette Springerstiefel, zerfetzte, dreckige Klamotten, malen auf alle Kleidungsstücke ein A oder »Sex Pistols«. An der Jackennaht klemmen Feuerzeugmetalle.
- ➔ sitzen den ganzen Tag mit Aldi-Dosen in der Fußgängerzone und saufen. Jeden, der vorbeikommt, fragen sie: »Haste ma 'ne Mark?«
- ➔ sind von zu Hause ausgerissen und haben spießige Eltern.
- ➔ haben Ratten als Haustiere, die sich auf ihrer Schulter sehr wohl fühlen.
- ➔ sind die Lieblingsopfer der Polizisten und müssen fünfmal am Tag zur Ausweiskontrolle auf die Wache, wo sie grundlos verprügelt werden.

- müssen sich von Opis anhören: »Solche Leute wie euch hätte der Adolf früher vergast.«
- finden alles entweder »voll spießig«, »total atze« oder »echt scheiße«.
- verwechseln Faulheit und Alkoholismus mit Punk-Ideologie.

Putzfrauen

- kommen aus dem ehemaligen Jugoslawien, aus der Türkei oder Südamerika.
- arbeiten schwarz.
- bescheißen bei der Abrechnung immer um eine halbe Stunde.
- tun so, als würden sie abstauben, schauen dabei aber nur in aller Ruhe intime Sachen durch.
- bringen Schnaps und Würste als Geschenke vom Heimaturlaub mit.
- putzen grundsätzlich nicht zwischen den Heizungsrippen und hinter dem Klo.
- führen Telefonate in die Heimat, wenn sie in einer fremden Wohnung allein sind.

R

Raucher Rechtsradikale Regisseure
Rocker Rollstuhlfahrer Russen

Raucher

- ➔ glauben, dass sie keinen Lungenkrebs bekommen.
- ➔ halten sich nicht für süchtig.
- ➔ husten beängstigend nach dem Aufstehen und behaupten, sie hätten sich nur ein wenig erkältet.
- ➔ glauben, sie könnten ihre Zigarettenmarke am Geschmack erkennen.
- ➔ haben schon zwanzigmal vergeblich versucht, das Rauchen aufzugeben.
- ➔ zünden sich eine Zigarette an und fragen dann: »Stört es Sie, wenn ich rauche?«
- ➔ fragen: »Stört es Sie, wenn ich rauche?« und zünden sich eine 30-Zentimeter-Havanna an, sobald man, nichts Arges ahnend, die Erlaubnis gegeben hat.
- ➔ werden zu militanten Nichtraucher-Nervensägen, kaum dass sie das Rauchen aufgegeben haben.
- ➔ dürfen in Gebäuden nicht rauchen, weil sie sonst die Sprinkleranlage auslösen, was vermutlich ein gemeiner Schwindel von Nichtrauchern ist.

Selbstgedrehter-Tabak-Raucher:
Ungepflegte armselige Studenten mit fettigen Haaren, die mit zittrigen Fingern Papiere zum Mund führen, diese unappetitlich bespeicheln und schließlich drehen, weil sie es für wahnsinnig männlich halten. Eigentlich stehen sie aber nur auf Selbstgedrehte, weil das Schnorrer abhält.

Seltene-Marken-Raucher:
Spießige werbehörige Normalos, die es für besonders cool und individualistisch halten, wenn sie eine etwas seltenere

Marke rauchen (zum Beispiel: Players Navy Cut, Salem oder Nil). Dieselbe Gruppe trinkt auch Sol-Bier mit Zitrone und bestellt auch sonst immer etwas, was garantiert kein anderer am Tisch bestellt hat.

Prolo-Raucher:
Auf dem Bau, wo man noch stolz ist auf seine gelben Finger und wo eine Zigarette, die etwas taugt, im Hals kratzen muss wie Omis alter Strickpulli, da sind *Ernte 23*, *HB* und *Rothhändle* zu Hause.

Light-Raucher:
Frauen, die auch ins Fitnesscenter gehen und neben dem Salat gerne noch eine nikotinreduzierte Zigarette verdrücken. Sie schmecken dabei überhaupt nichts, sondern qualmen nur, weil sie der Werbung glauben, dass es zur modernen Karrierefrau gehört, zu rauchen. Sie behaupten auch, dass ihnen Lätta-Margarine und koffeinfreier Kaffee schmecken.

Zigarren-Raucher:
Besonders schlimme neureiche Poser, die dem letzten Trend hinterherrennen. Verlangen in Havanna-Bars nach gekühlten Zigarren, qualmen sie bei kubanischer Trendmusik und beim Trendcocktail Caipirinha weg.

Pfeifen-Raucher:
Lehrer sitzen bei klassischer Musik im Ohrensessel und saugen an ihrer Pfeife, die sie anschließend stundenlang mit Ohrenstäbchen putzen.

NA, WAS WILLST DU DENN MAL MACHEN, WENN DU GRÖSSER BIST?
RAUCHEN!

Urlaubsmarken-Raucher:
Kroatien, Rumänien, Tunesien, Indien haben jeweils mindestens eine Ekel erregende Kippenmarke, die im schlimmsten Fall in Zeitungspapier gewickelt ist und das Aroma unrentabler Kohlekraftwerke verströmt. Der geizige Urlauber aber kauft sich stangenweise Billigkippen und trägt sie monatelang stolz umher, in der Hoffnung, jemand nimmt ihm ab, dass sie tatsächlich gut schmecken.

Rechtsradikale

➔ tragen Glatzen, Bomberjacken, Hosenträger in den Farben Schwarz-Rot-Gold und frisch geputzte Springerstiefel mit Stahlkappen. Zu Hause hängt eine Reichsflagge überm Bett und Opis Originalausgabe von *Mein Kampf* liegt im Nachtkästchen.

➔ sind brutale Schläger, die ihren Hauptschulabschluss nicht geschafft haben, weil sie schwer von Begriff sind. Nach der Schule finden sie keinen Job und glauben fälschlicherweise, das liege daran, dass es so viele Ausländer in Deutschland gebe.

➔ hören brutale Schrammelmusik mit faschistischen Texten, haben aber immer auch ein Kuschel-Rock-CD im Plattenschrank.

➔ wünschen sich Deutschland in den Grenzen des Jahres 1183. Vergessen dabei allerdings, dass auch die meisten der gehassten Ausländer dann Deutsche wären.

➔ schreiben auf Toiletten: »Für Ausländer kein Asül.« Die Deutschkenntnisse der Skinheads sind ähnlich gut wie die eines durchschnittlich begabten Asylbewerbers nach acht Monaten in Deutschland.

RECHTSRADIKALE

- ➔ sind gegen Argumente immun.
- ➔ surfen nachts im Internet auf Seiten vollkommen durchgeknallter Historiker und verabreden im Chat ihre nächsten Schlägereien. Dabei werden sie vom Bundesverfassungsschutz verfolgt.
- ➔ können auf die alten Stalingradkämpfer rechnen, die von Invalidenrente leben und immer noch nicht glauben wollen, dass sie damals völlig vergebens bei minus 40 Grad im Schützengraben herumgesessen sind.

Regisseure

- ➔ gehen mit allen Darstellerinnen ins Bett.
- ➔ lassen eine Einstellung 46-mal aufnehmen, weil ihnen das Licht nicht gefällt. Am Ende nehmen sie doch die erste Version.
- ➔ machen vier Stunden lange Filme mit folgendem Inhalt: Eine Frau fährt im Zug von Wuppertal nach Bad Oysen, blickt dabei aus dem Fenster und erzählt die verworrene Geschichte ihres Onkels Gotthilf, der im Krieg versehentlich eine Tellermine abgewaschen hat. Das Ganze wird in Schwarzweiß aus dem Aschenbecher gefilmt und gilt unter Feuilletonisten als epochales Experimentalwerk. Der Film wird mit sechs Millionen Mark aus dem Filmfonds bezuschusst und findet schließlich 245 Zuschauer, von denen 237 aus dem Bekanntenkreis des Regisseurs stammen.

Rocker

- ➔ tragen eine Lederkluft, haben lange Haare und einen Ion-Tiriac-Bart.
- ➔ arbeiten hauptberuflich als Lkw-Fahrer, Türsteher oder Ein-Mann-Klaviertransportunternehmen.
- ➔ haben das letzte Mal im Alter von zwölf Jahren gelacht.
- ➔ wiegen in etwa so viel wie ein VW Golf. Das einzige Motorrad, das ihre Masse bewegen kann, ist eine Harley Davidson mit 1200-ccm-Motor.
- ➔ gehören einer von zwei rivalisierenden Gruppierungen an, die sich alle drei Monate eine Messerstecherei liefern. Dabei kommt ein Rocker ums Leben und die Clique schwört Rache. Bei der Beerdigung läuft »Stairway to heaven«.
- ➔ sind stolz auf ihre Narben. Sie können zu jeder Narbe eine Geschichte erzählen.
- ➔ fahren jedes Wochenende zu einem Motorradtreffen, wo sie strippende Frauen beäugen, endlos saufen und die Zillertaler Schürzenjäger bejubeln.

Rollstuhlfahrer

- ➔ haben in die Stirn gekämmte Haare. Ihre Kleidung ist ein schlimmes Beispiel dafür, wie man aussieht, wenn immerzu Mutti die Klamotten einkauft.
- ➔ werden von besonders hilfsbereiten Leuten einfach über die Straße geschoben, obwohl sie gar nicht über die Straße wollen.
- ➔ müssen immer aufpassen, dass sie nicht irgendjemand packt und in eine Konzerthalle schiebt, nur weil man als Begleiter eines Rollstuhlfahrers umsonst reinkommt.

- ➔ kriegen von Popstars ein vollgeschwitztes Handtuch in die Hand gedrückt, weil die Stars glauben, sie würden damit einen Behinderten glücklich machen.

Russen

- ➔ verbringen ihr halbes Leben in einer vor sich hin rostenden Raumstation.
- ➔ rücken das Bernsteinzimmer nicht wieder raus.
- ➔ warten monatelang vergeblich auf Rente und Löhne vom Staat.
- ➔ werden neureich und benehmen sich seitdem in Sankt Moritz schlimmer als die Sultane aus Brunei.
- ➔ trinken Wodka wie andere Völker Wasser. Ein Liter Wodka kostet zwei Mark und spart im Winter die Heizung.
- ➔ haben den direkten Übergang vom Feudalismus zum Kommunismus gewagt. Nachdem sie gemerkt haben, dass sich eigentlich nichts geändert hat, haben sie die Neuordnung der Gesellschaft der Russen-Mafia übertragen.
- ➔ hätten Boris Jelzin als Präsidenten abgewählt, wenn er mit dem Trinken aufgehört hätte.

S

Sachsen Sammler Scheich
Schriftsteller Schwaben Schwarze
Schweizer Schwule Scientologen
Sekretärinnen Singles Skifahrer
Snowboarder Softies Soldaten
Sozialpädagogen Spanier
Spießer Standardtänzer Stars
Stewardessen Straßenkünstler
Studenten Südamerikaner
Supermarkt-Kassiererinnen

Sachsen

- sind arbeitslose, rechtsradikale, Sozialhilfe empfangende, schulabbrechende Talkshowgäste.

Sammler

- sammeln nutzlose Staubfänger und gehen dabei äußerst konventionell vor: neben Briefmarken und Münzen sind vor allem Schildkröten und Eulen aus Keramik begehrt.
- nutzen ihre Sammlung als Vorwand, um saufen zu gehen. Anders sind Sammlungen von Bierflaschen, Bierdosen oder Bierfilzen nicht zu erklären.
- sind der willkommenste Teil der Verwandtschaft, weil man in jedem Souvenirshop dieser Welt eine hässliche Eule oder Schildkröte in Massenproduktion findet, über die sich der Sammler auch noch freut.
- haben schlimme Sammleraltare aus den Achtzigerjahren in der Wohnung herumhängen, die früher einmal Setzkästen waren.
- sammeln Überraschungseier und finden es wahnsinnig aufregend, wenn der Schlumpf wegen eines Produktionsfehlers einen roten statt eines gelben Regenschirms in der Hand hält.

Scheichs

- haben eine Haupt- und elf Nebenfrauen. Dazu kommen 28 Geliebte, die jeweils ein Brillanten-Kollier im Wert von einer Million Dollar zu Weihnachten bekommen. Den Rest der Zeit verbringen sie mit amerikanischen Edelnutten auf ihrer Yacht.

- ➔ verkaufen ihr Öl zu tierisch überteuerten Preisen.
- ➔ haben in der Garage sieben Rolls-Royce, 32 S-Klasse-Mercedes und einen Ferrari stehen. Falls mal alle Frauen im Haus sind.
- ➔ spielen Golf mitten in der Wüste. Der Golfplatz verbraucht mehr Energie als das gesamte Westafrika.

Schriftsteller

- ➔ sind bleiche Gestalten mit Halbglatze und Brille, die im abgedunkelten Zimmer sitzen und manisch in eine Schreibmaschine hacken.
- ➔ schicken ihre Manuskripte jahrelang an sämtliche Verlage, die sie mit Standardschreiben wieder zurückschicken. Die ersten drei Jahre braucht ein Schriftsteller, um die Portokosten wieder reinzuholen.
- ➔ gehen auf Lesereise, wo sie schüchterne Germanistikstudentinnen verführen.
- ➔ schreiben zwanzig Jahre an ihrem epochalen Lebenswerk. Darin geht es auf 1269 Seiten um den Untergang einer Familiendynastie. Also im Grunde um dasselbe wie in den *Buddenbrooks* von Thomas Mann, nur nicht so gut geschrieben.
- ➔ gehen auf Lesereise durch Kreiskulturhäuser, wo sie vor fünf Zuschauern lesen: dem Deutschlehrer nebst Gattin, einer pubertierenden Teenagerin, die in ihren Deutschlehrer verliebt ist, und der örtlichen Vorsitzenden des Origami-Vereins. Ganz hinten in einer Ecke des Raumes sitzt noch der Hausmeister, der hinterher abschließen muss.

- führen mit anderen bedeutenden Persönlichkeiten weltbewegende Briefwechsel.
- fragen im Buchladen nach ihrem Buch und bestellen dann auf einen falschen Namen gleich fünf Exemplare, die sie allerdings nicht abholen.
- verdienen nach vier Jahren Arbeit an jedem verkauften Buch sieben Pfennig. Die restlichen 15,83 Mark teilen sich der Verleger, der schließlich das gesamte Risiko trägt, und der Buchhändler, der es ins Regal legen muss.
- können kein Papier wegschmeißen. Sie heben Zeitungsartikel auf, die sie unbedingt mal lesen wollen, bis die Wohnung aussieht wie ein Altpapiercontainer.
- leiden unter einer Schreibblockade. Den ganzen Tag sitzen sie vor der Schreibmaschine, tippen einen Satz, reißen das Blatt wieder raus, zerknüllen es und werfen es in die Ecke zu den anderen Blättern.
- machen mit den Titeln ihrer Bücher Versprechungen, die sie nicht halten. Oder sind in diesem Buch etwa 2222 Vorurteile?

Schwaben

- sprechen – genau wie die Sachsen – einen Dialekt, der die Heirat in andere Volksgruppen hinein weitgehend unmöglich macht.
- leben nach einem einheitlichen Lebensplot: ordentlicher Beruf, anständige Frau, solides Auto, gepflegtes Reihenhaus.
- sind der Meinung, dass Zwiebeln mindestens genauso gesund sind wie Kiwis. Außerdem sind Zwiebeln länger haltbar und preiswerter.

- gehen in einen Buchladen und lesen sich stundenlang Bücher durch, die sie nicht kaufen.
- lassen die Waschmaschine nachts laufen, weil Nachtstrom billiger ist.
- leisten sich aber trotzdem einen Mercedes-Benz.
  Und das Tollste: Sie haben dabei 10 000 Mark gespart, weil sie sich nicht den nächstgrößeren Mercedes gekauft haben.
- warten mit dem Kauf eines neuen Terminkalenders, bis Mitte August die Preise so richtig reduziert sind.
- gelten also insgesamt als eher sparsam. Verbürgt ist diese Geschichte: Ein Auto stürzt in eine Schlucht, der Rettungswagen rast zur Unfallstelle, die Helfer rufen verzweifelt zum Wrack: »Hier spricht das Rote Kreuz.« Aus dem Auto antwortet ein schwaches Stimmchen: »Mir gebet nix.«

Schwarze

- tragen Turnschuhe und Jogginghose.
- können toll tanzen.
- können großartig Fußball spielen.
- haben eine tolle Figur.
- kriegen trotzdem immer nur die dicken und hässlichen Weiber ab, die sie in der Kneipe oder im Bus dutzendweise anlabern.
- stehen im örtlichen Stadtpark herum und dealen mit Drogen. Aber in Afrika heißt das ja auch nicht dealen, sondern mit Bekannten teilen.
- schlappen mit dem Gettoblaster am Ohr durch die Fußgängerzone und hören lautstark ihren Lieblingsrapper.

Der singt darüber, wie er vor dem Frühstück drei Leute abgeknallt hat und dass überhaupt alle »Motherfucker« sind.
- ➔ haben erstaunliche Genitalien. 28 Zentimeter gelten als Standard.
- ➔ können achtmal am Tag.

Schweizer

- ➔ zerfallen je zu einer Hälfte in Geld und Käse.
- ➔ sind das Volk der Waffenschieber, Geldwäscher und Bankdirektoren.
- ➔ lassen ihre Frauen nicht wählen.
- ➔ haben alle ein Gewehr zu Hause und sind trotzdem das wehrloseste Volk der Welt.
- ➔ betreiben Internate für verzogene Yuppiekinder aus der ganzen Welt.

Schwule

- ➔ heißen Detlev, Sven oder Elmar. Werden sie schwul wegen ihres Namens oder ahnten die Eltern schon, dass sie schwul werden?
- ➔ sind gut gekleidet, tragen eine modische Kurzhaarfrisur und einen Ohrring rechts.
- ➔ werden von Beruf Friseur, Kellner oder Schlagersänger.
- ➔ spreizen beim Rauchen oder Teetrinken den kleinen Finger ab.
- ➔ singen Lieder von Marianne Rosenberg beim Duschen.
- ➔ treffen sich auf öffentlichen Toiletten oder in Parks, wo sie ohne viel Aufhebens miteinander Sex haben. Daran kann

man erkennen, wie auch heterosexuelle Männer gerne Sex hätten, wäre da nicht der Bremsklotz Frau.

➔ gehen in die Oper. Eine Oper ist erst vorbei, wenn der letzte Heterosexuelle eingeschlafen ist.

➔ finden es schade, dass der Trikottausch beim Fußball verboten worden ist.

➔ verherrlichen alte Weiber wie Lotti Huber.

➔ veranstalten Olympische Spiele in den Disziplinen Handtaschenweitwurf, Sackhüpfen und Eierlauf.

➔ rufen abends bei »Domian« an, um ihm zu erzählen, dass sie am liebsten Sex mit Hackfleisch haben.

Scientologen

➔ stehen enthemmt lächelnd in der Fußgängerzone und laden alle, die halbwegs verzweifelt aussehen, zu einem Test ein. Dabei kann man ankreuzen, was man will, es kommt immer heraus, dass man Scientology braucht.

➔ verklagen jeden, der zu behaupten wagt, Scientology sei eine geldgierige, faschistische und unmenschliche Sekte.

➔ sind bei einer geldgierigen, faschistischen und unmenschlichen Sekte.

➔ haben in ihrem Haus ein Büro für Ron Hubbard eingerichtet.

➔ geben 100 000 Mark aus, um die nächste Bewusstseinsstufe zu erreichen. Dafür werden sie für zehn Minuten an einen billigen Lügendetektor angeschlossen. Die höchste Bewusstseinsstufe bedeutet, dass man sein gesamtes Geld an Scientology abgedrückt hat.

➔ infiltrieren Wirtschaft und Politik. Man weiß nie, wer alles dahinter steckt.

OBACHT DETLEF, EINE PFÜTZE, DU RUINIERST DIR JA DEINE HOSE!
BEI DIR IS GLEICH WAS GANZ ANDERES IM ARSCH! HÖ HÖ!
S. HAAS

SCHWULE

Sekretärinnen

- ➔ probieren jeden Montag eine neue Tönung von L'Oréal.
- ➔ lackieren sich die Fußnägel im Büro.
- ➔ hängen Poster von Richard Gere auf.
- ➔ telefonieren stundenlang privat mit ihren Freundinnen.
- ➔ haben so lange Fingernägel, dass sie kaum tippen können.
- ➔ lügen, wenn man fragt, ob der Chef zu sprechen ist.
- ➔ schenken sich gegenseitig lustige Tassen. Besonders beliebt: »Bitte nicht hetzen, ich bin bei der Arbeit und nicht auf der Flucht.«
- ➔ finden Modern Talking immer noch toll.

Singles

- ➔ haben endlich niemanden mehr, der eifersüchtig wird, wenn sie sich in eine Affäre stürzen. Nur finden sie leider niemanden, der sich mit ihnen in eine Affäre stürzen will.
- ➔ nehmen an Single-Partys teil, die »Fisch sucht Fahrrad« heißen und deren Gäste auch so aussehen.
- ➔ nehmen an Tantra-Wochenendkursen teil, in der Hoffnung, dass die anderen beim Kurs nicht genauso hässlich sind wie sie selber.
- ➔ ärgern sich, dass ihnen der Animateur im Robinson-Club das schönste Mädchen weggeschnappt hat.
- ➔ stehen einsam an einer Brücke, schauen verträumt ins Wasser und hoffen, dass ein Mädchen neben ihnen stehen bleibt, ihre einsame Verträumtheit erkennt, sich verliebt und mit ihnen den Rest des Lebens zusammenbleibt.
- ➔ erkennen erst nach zwei Tagen, dass das Mädchen in der U-Bahn ihnen zugelächelt hat, weil es etwas von ihnen wollte. Anschließend starten sie verzweifelte

Aufrufe im Radio oder kleben erfolglos Suchzettel an die U-Bahnstation.

Skifahrer

➔ müssen sich im Lift mit wildfremden anderen Skifahrern über Wetterlage und Schneehöhe unterhalten.
➔ verlieren ihre Handschuhe ausgerechnet am Steilhang im Schlepplift.
➔ schreien, wenn sie noch unter 14 Jahre alt sind: »Aus der Bahn – Kartoffelschmarrn!«
➔ überlegen sich, wie es wäre, wenn der Sessellift stecken bleibt und sie sich abseilen müssten.
➔ schmieren sich farbigen Sonnenschutz ins Gesicht, bis sie aussehen wie Indianer auf dem Kriegspfad.
➔ kommen unter Lawinen. Dann werden sie von einem Bernhardiner gerettet, der ein Fässchen Rum um den Hals trägt.
➔ schlagen sich in der Schlange vor der Gondelbahn versehentlich gegenseitig die Skistöcke ins Gesicht.
➔ bieten echten Slapstick beim Einstecken der Tageskarte in den Liftautomaten.
➔ bieten echten Slapstick, wenn sie mit dem Snowboard in den Schlepplift einsteigen.
➔ bieten echten Slapstick beim Aussteigen aus dem Sessellift.

Snowboarder

➔ halten sich für cool, tragen Sonnenbrillen und

Designermützen, fliegen aber trotzdem regelmäßig aus dem Idioten-Schlepplift.

➔ kaufen sich ein Equipment für 3000 Mark und liegen dann auf dem Hosenboden auf der Piste im Weg herum.

➔ finden Skifahren spießig.

➔ hatten im letzten Jahr einen Kreuzbandriss, Außenbandzerrung und einen Meniskusschaden. Freuen sich aber schon auf die neue Saison.

Softies

➔ sind Warmduscher.

➔ grillen nur in der Folie.

➔ cremen sich die Hände nach dem Waschen ein.

➔ trinken heiße Milch mit Honig.

➔ pusten, bevor sie Kaffee trinken.

➔ verlangen Kebab ohne Soße und Zwiebeln.

➔ lassen den Rand der Pizza liegen.

➔ parken im Sommer nur im Schatten.

➔ bügeln ihre Socken.

➔ tragen im Winter Strumpfhosen.

➔ kratzen das Verbrannte vom Toast.

Soldaten

➔ tragen gerne mal Grün. Beliebt sind auch der Helm mit Tarnnetzchen und das etwas festere Schuhwerk in klassischem Schwarz.

➔ sitzen den ganzen Tag in der Kaserne und bauen ihre Knarre auseinander und wieder zusammen.

SOZIALPÄDAGOGEN

- ➔ werden von jemandem schikaniert, der einen Stern mehr auf der Uniform hat.
- ➔ pinkeln in ihre neuen Kampfstiefel, damit sie nicht scheuern.
- ➔ wollen keine Mörder sein.
- ➔ rutschen wegen der Armee gleich nach der Schule in die Alkoholabhängigkeit.
- ➔ müssen zur Strafe mit der Zahnbürste die Toiletten schrubben.
- ➔ waren zu doof, sich von einem Arzt die richtigen Atteste zu besorgen.

Sozialpädagogen

- ➔ tragen selbst gestrickte Pullis, Latzhosen und violette Halstücher. Batiken gerne selbst.
- ➔ heißen: Jens, Julian oder Lothar.
- ➔ haben folgende Lieblingssätze: »Das klingt jetzt vielleicht blöd, aber ...«, »Darüber sollten wir mal miteinander reden.«
- ➔ haben ein seliges Lächeln im Gesicht, das sie ein wenig einfältig erscheinen lässt.
- ➔ nehmen den Namen ihrer Frau an.
- ➔ gehen in eine Männergruppe, wo sie sich gegenseitig beichten, dass sie Probleme dabei haben, mit anderen Menschen darüber zu reden.
- ➔ gehen zur Orgasmusberatung.
- ➔ sind besonders als Männer im Geschlechterkampf sehr engagiert und auf der Seite der Emanzipation. Dies findet seinen Ausdruck hauptsächlich darin, dass sie sich beim Pinkeln hinsetzen.

- sind natürlich allesamt Kriegsdienstverweigerer. Die Frauen leisten ein soziales Jahr.

Spanier

- verlassen ihr Land nie.
- sprechen keine Fremdsprache.
- tragen bei jeder Gelegenheit Blumen in eine Kirche.
- sprechen überlaut.
- tunken alles in Olivenöl.
- werden von Touristen beleidigt. Die verlangen nämlich zum Frühstück »burro«, was zwar »Butter« heißt, allerdings auf Italienisch. Auf Spanisch heißt es »Esel«.
- gehen erst um 24 Uhr zum Essen und dann um 2 Uhr in die Bar und um 4 Uhr in die Diskothek.
- haben immerhin Julio Iglesias hervorgebracht, der mit 11 Prozent der weiblichen Weltbevölkerung eine Affäre hatte.

Spießer

- achten darauf, dass sie einen Aidshandschuh im Kofferraum haben, dessen Haltbarkeitsdatum noch nicht abgelaufen ist.
- heiraten in einem Landgasthof, wo eine unglaublich schlechte Zwei-Mann-Band auftritt, die uralte Schlager verhunzt. Dazu tanzen die frisch Vermählten ungelenk und wähnen sich am schönsten Tag ihres Lebens. Punkt 23 Uhr kommt ein Onkel, der die Braut entführt. Dann muss sie der Ehemann suchen, was unheimlich aufregend ist, weil sowieso jeder weiß, dass die Ehefrau im nächsten Landgasthof sitzt.

- ➔ sichern ihr Reihenhaus mit modernsten Alarmanlagen.
- ➔ tragen eine Badekappe im Schwimmbad.
- ➔ essen Hähnchen mit Messer und Gabel.
- ➔ sind Fans von Celine Dion, Phil Collins und Joe Cocker.
- ➔ schrauben ihr Druckerkabel fest.
- ➔ trinken nur, wenn sie durstig sind.
- ➔ besitzen einen Ersatzwecker.
- ➔ haben ein Fliegengitter vor der Balkontür angebracht ...
- ➔ reinigen das Flusensieb in der Waschmaschine wöchentlich.
- ➔ sind Vorsitzende der Elterninitiative. Als solche sorgen sie dafür, dass durch ein Bürgerbegehren der drei Kilometer entfernte Zigarettenautomat entfernt wird und das Singen von Bob-Dylan-Liedern im Musikunterricht wegen Drogenverherrlichung verboten wird.
- ➔ stehen morgens gerne und fröhlich auf.
- ➔ buchen ihre Urlaubsreise acht Monate im Voraus.
- ➔ sammeln Gartenzwerge.
- ➔ spenden jedes Jahr vor Weihnachten für einen guten Zweck.
- ➔ hassen Handys.
- ➔ finden Harry Klein sympathisch.
- ➔ lesen jeden Tag das Horoskop, behaupten aber, dass sie die Voraussagen nicht glauben.
- ➔ rauchen nicht im Wald.
- ➔ kaufen ihre Stereoanlage im Komplettsystem.
- ➔ sagen, sie glauben zwar nicht an *den* Gott, aber daran, dass es »Jemanden« geben müsse, der unsere Erde erschaffen hat.
- ➔ nehmen die Luftpumpe und Flickzeug mit, wenn sie eine Radtour machen.

- ➔ verwenden nur zwei Blätter Klopapier auf der Toilette.
- ➔ hängen sich blaue Duftsteine in die Toilette.
- ➔ haben Klodeckelschützer aus Plüsch. Vor der Schüssel liegt eine Plüschmatte in den Farben Mauve, Bleu oder Lileu.
- ➔ verdrücken sich Rülpser.
- ➔ schließen eine Reiseversicherung ab, ehe sie ins Ausland fahren. Dabei wird ihnen natürlich nichts geklaut, weil sie nachts umschichtig Wache vor den Koffern schieben.
- ➔ pumpen in regelmäßigen Abständen ihr Reserverad auf.
- ➔ finden es wichtig, dass das Essen auf dem Teller komplett aufgegessen wird.
- ➔ jammern an Weihnachten: »Renate, der Baum nadelt.«
- ➔ waschen die Teller ab, bevor sie sie in die Spülmaschine stellen.
- ➔ rufen die Polizei, weil ein vermeintlich verdächtiges Auto bei ihnen vor der Tür steht.
- ➔ haben immer so eine Papierhülle in Klodeckelform in der Tasche, falls sie mal bei anderen auf die Toilette müssen.
- ➔ wischen im Biergarten die Bank ab, bevor sie sich hinsetzen.
- ➔ haben im Wohnzimmer eine Vitrine mit Kristallglas oder geschliffenem Porzellan. Auf dem Tisch liegt immer ein Trockengesteck aus Tannenzapfen, das mit Goldspray veredelt wurde.
- ➔ stehen bei Schneefall morgens um 6 Uhr auf, um den Gehweg freizuschippen.

Standardtänzer

- ➔ haben gegelte schwarze Haare und könnten mit ihrem Styling ohne weiteres bei Pornofilmen mitspielen.

Standardtänzerinnen sind geschminkt, wie man es eigentlich nur von Lotti Huber oder Domenica kennt.

- ➔ sehen aus, als wären sie versehentlich im Solarium eingeschlafen.
- ➔ tanzen übertrieben erotisch. Glauben, dass sie mit Petting nach Noten mehr Punkte bei der Jury bekommen.

Stars

- ➔ sind zickig und haben Marotten. Das Hotelzimmer darf kein Fenster nach Nordosten haben, der Kaffee muss mit einem bestimmten Felsquellwasser gekocht sein.
- ➔ bedanken sich bei der Oscar-Verleihung bei ihrem Manager, bei ihrem Entdecker, bei ihrem Produzenten, bei ihren Eltern, bei ihren Großeltern, beim Publikum, bei der Jury, beim Programmdirektor, bei Jesus Christus, beim Fußpfleger und ...
- ➔ erklären in Interviews, wie schrecklich anstrengend es ist, berühmt zu sein, und klagen darüber, dass sie überall erkannt werden und Autogramme geben müssen. Gehen aber am langen Samstag mit einem Stapel Autogrammkarten und ihrer Familie in die Fußgängerzone einkaufen.
- ➔ sind drogenabhängig. Alle paar Monate gehen sie turnusmäßig und so selbstverständlich, als sei es das Normalste von der Welt, in eine Entziehungsklinik.
- ➔ begehen Selbstmord, erliegen einer Überdosis Drogen oder rasen mit ihrem Sportwagen an einen Baum.
- ➔ lassen aus ihrem Haus ein privates Sexvideo stehlen, wenn sie nicht mehr berühmt genug sind.

SCHLAGERSÄNGERINNEN
HABEN NICHT NUR EINE FIGUR WIE
EINE REIFE MELONE ...
SIE SINGEN AUCH SO.

Stewardessen

→ lächeln immer.
→ sind perfekt geschminkt, allerdings in Farben, die nicht zu ihnen passen.
→ sind so hübsch, dass man viermal klingelt und Wasser verlangt, obwohl man eigentlich keinen Durst hat.
→ sprechen in 97 Prozent ihres Lebens nur folgende vier Sätze: »Was darf's zu trinken sein?«, »Kaffee oder Tee?«, »Menü mit oder ohne Fleisch?«, »Bitte schnallen Sie sich an.«
→ bekommen Telefonnummern zugesteckt.
→ hatten eine Affäre mit dem Piloten.
→ hatten eine Affäre mit dem Copiloten.
→ hatten eine Affäre mit dem Bordingenieur.
→ sind ein bisschen traurig darüber, dass es bei den neuen Flugzeugen keinen Bordingenieur mehr gibt.

Straßenkünstler

→ sind entweder Australier, Südamerikaner oder Hippies, denen die Kohle ausgegangen ist.
→ haben eine bildhübsche Hippiefreundin, die mit dem Hut herumgeht und das Geld einsammelt.
→ singen besser als der dicke Italiener, für den man in der Oper gestern 120 Mark bezahlt hat.
→ unterscheiden sich vom Bettler darin, dass sie auch noch Lärm machen.

Studenten

- ➔ wohnen in unaufgeräumten Wohngemeinschaften und stehen frühestens mittags um 12 Uhr auf.
- ➔ lernen ausschließlich Dinge, die im späteren Berufsleben vollkommen nutzlos sind. Auf aktuelle Entwicklungen in der Wirtschaft reagieren die Universität und ihre Wissenschaftler mit einer Verspätung von dreißig Jahren.
- ➔ verbringen 26 Semester damit, sich in Cafeterias herumzutreiben und Mädchen anzuschmachten. Eine besonders mitleiderregende Tour dabei ist das Herumsitzen mit einem Elfriede-Jelinek-Buch in der Hand.
- ➔ sitzen in überfüllten Hörsälen herum und versuchen erfolglos den kryptischen Ausführungen des greisen Professors zu folgen.
- ➔ sind die bestausgebildeten Taxifahrer der Welt.
- ➔ sitzen in verrauchten Studentenkneipen, wo sie Demonstrationen für Amnesty International planen. Nebenbei besaufen sie sich und essen das billige Tagesgericht. Das Tagesgericht ist meist ein »Käsespätzle« genannter Fettklumpen, der sich erst nach drei Tagen im Magen auflöst.
- ➔ lernen, auch einfachste Erkenntnisse so verschwurbelt auszudrücken, dass sie als wissenschaftlich durchgehen. Besonders Pseudodiszplinen wie Kommunikationswissenschaft oder Soziologie versuchen mit komplizierter Terminologie zu überspielen, dass sie weitgehend sinnleer daherkommen.
- ➔ streiken bei jeder Gelegenheit. Dabei lassen sie einfach Vorlesungen ausfallen, die sie besuchen müssten, aber sowieso nicht besucht hätten.

- ➔ glauben, dass das Schnitzel in der Mensa aus Fleisch besteht.
- ➔ verlieren die Plastikmarken von der Mensa, ohne die sie ihre drei Mark Becherpfand nicht zurückbekommen.
- ➔ machen sich gegenseitig verrückt mit der Frage: »Und wie viel hast du schon für die Klausur gelernt?«
- ➔ vergessen ihren Studentenwerksbeitrag rechtzeitig zu bezahlen.
- ➔ nehmen sich vor, ihn das nächste Mal gleich dann zu bezahlen, wenn der neue Studentenausweis mit dem Überweisungsauftrag in der Post liegt.
- ➔ vergessen den Studentenbeitrag wieder.
- ➔ fangen in aller Ruhe mit ihrer Magisterarbeit an. Wenige Tage vor dem Abgabetermin merken sie, dass sie sich gewaltig im Zeitmanagement verschätzt haben. Dann arbeiten sie 24 Stunden am Tag mit zwei kurzen Pinkelpausen durch. Am letzten Tag stürzt der Computer ab und drei Tage Verbesserungsarbeit sind weg. Mitten im letzten Ausdruck geht der Drucker kaputt.
- ➔ rufen am 20. jedes Monats ihre Eltern an, weil ihnen das Geld ausgegangen ist.
- ➔ schämen sich, nach zehn Semestern das erste Mal in der Bibliothek danach zu fragen, wie denn das mit der Wochenendausleihe funktioniere.
- ➔ verstecken die Bücher in der Bibliothek an einem anderen Platz, damit sie kein anderer für das Wochenende ausleihen kann.
- ➔ bräuchten ein Seminar, in dem sie lernen, wie man Arbeitslosenhilfe oder Wohngeld richtig beantragt.

Jurastudenten:
Sie tragen Anzug und Bundfaltenhose und lernen alles auswendig, was sie in die Hände bekommen.
Physikstudenten:
Sie sind bleiche Gestalten, die mit Männerhandtaschen und ungewaschenen Topffrisuren herumlaufen. In Diskotheken versauern sie beim Weißbier in der Ecke.
Pädagogikstudenten:
Sie sitzen heftig häkelnd und komplett in violettes Tuch gehüllt im Hörsaal und erörtern das neue Buch von Sloterdijk, das jeder gelesen, aber keiner verstanden hat.
Sportstudenten:
Sie lesen nie. Sie müssen bei der Diplomprüfung mit nacktem Oberkörper durch die Halle laufen und ein paar Gymnastikübungen vorführen. Den Rest der Zeit verführen sie junge Studentinnen oder stehen auf dem Surfbrett.

Südamerikaner

➔ tanzen den ganzen Tag, saufen Cocktails und huren herum.
➔ werden von einem korrupten Diktator mit Zigarre und Army-Hose unterdrückt.
➔ verdienen ihr Geld entweder als Fußballspieler oder in der Koksproduktion. Oder sie stehen in Lamadecken gewandet in der Fußgängerzone herum und blasen in Panflöten.
➔ werden während eines Gefechts rivalisierender Drogenbanden versehentlich erschossen, sterben bei einem Busunglück oder werden von einer giftigen Tarantel gebissen.

- machen Siesta, die noch länger als in Südeuropa dauert und somit den gesamten Tag einnimmt.
- erfinden Tänze, die in den USA unter den Pornografie-Paragrafen fallen würden. Den guten Tänzer erkennt man am feuchten Knie.
- tanzen nach jedem Tor erst einmal eine halbe Stunde um die Eckfahne.

Supermarkt-Kassiererinnen

- sind dick und hässlich.
- fahren fünfzigmal über den Strichcode, es kommt aber kein Pieps und kein Preis.
- fahren über den Strichcode, es kommt aber der Preis für ein ganz anderes, viel teureres Produkt.
- fahren über den Strichcode und kassieren versehentlich gleich doppelt.
- rufen über Lautsprecher den Filialleiter, weil der Vordermann in der Schlange einen Storno produziert hat: »143 bitte die 7.« Der Chef trudelt zehn Minuten später ein, nur um seinen Schlüssel in die Kasse zu schieben.
- wechseln umständlich die Kassenrolle.
- müssen den Filialleiter um Kleingeld rufen.
- müssen beim Vordermann die Tomaten nachwiegen.
- müssen nachfragen, was die Tomaten kosten.
- sagen: »Hier nicht mehr! Bitte andere Kasse«, wenn man dran ist. Die Schlange an der anderen Kasse reicht bis zum Schnapsregal zurück.

T

Taxifahrer Teenager

Teenager, männliche

Teenager, weibliche

Telekom-Aktionäre

Tierschützer

Touristen Trauergäste

Türken

Taxifahrer

- ➔ sind übellaunige, ungekämmte, schlecht riechende Rotzlappen, die die Hälfte ihres Lebens an Taxiständen herumstehen und in Revolverblättern Tittenbilder angaffen. Die andere Hälfte rasen sie hupend, blinkend und zeternd durch die Stadt, sich gegenseitig Radarkontrollen verratend und Touristen bescheißend.
- ➔ sprechen entweder überhaupt kein Deutsch («Wo du wolle?«) oder haben Germanistik studiert.
- ➔ steuern das angegebene Fahrziel auf dem weitesten gerade noch vertretbaren Weg an.
- ➔ gehören zu einer weltweit agierenden Bande von Kriminellen, die wahlweise mit oder ohne Taxameter bescheißen.
- ➔ sind entweder absolut maulfaul oder kriegen während der gesamten Fahrt die Lippen nicht zusammen. Wenn sie reden, schimpfen sie über die Fußgänger und Radfahrer, über die Grünen und Frauen am Steuer, über Radarkontrollen und Ausländer. Im schlimmsten Fall sind sie Zeugen Jehovas und versuchen einen in zehn Minuten zu missionieren.
- ➔ machen Jagd auf Radfahrer.

Teenager

- ➔ gehen jeden zweiten Samstag im Monat in den Partyraum der Kirchengemeinde, um bis 22 Uhr bei Spezi und Menthol-Zigaretten Engtanz zu üben. Dabei drehen sie sich mit einer Umdrehung pro Stunde zu Uralt-Klassikern von den Scorpions und Chicago. Beim zweiten Lied beginnen sie rumzuknutschen. Beim dritten Lied versucht er, an ihre Brüste zu greifen. Nur sind seine Arme leider nicht lang genug. Anschließend sitzen sie knutschend auf den Bänken, bis sich der Speichel wie Käsefäden auf der Pizza zieht. Der Höhepunkt des Abends ist die rituelle Frage: »Willst du mit mir gehen?«

➔ leben in Cliquen zusammen. In jeder Clique gibt es einen Streber, einen Dicken, einen Lustigen und einen Coolen, auf den alle Mädchen stehen. In einer Clique tragen alle grundsätzlich dasselbe und stehen auf dieselbe Musik.

➔ streiten mit ihren Eltern, ob McDonald's oder Burger King und Coke oder Pepsi besser sind. Außerdem teilen sich Teenager in zwei grundsätzliche Lebensphilosophien: entweder man gehört der Geha- oder der Pelikan-Füller-Fraktion an.

➔ haben ihren ersten Sex, wenn die Eltern in der Oper sind.

➔ gewinnen ihren ersten Kuss beim Flaschendrehen auf der Geburtstagsparty ihres besten Freundes.

➔ küssen wie Vakuumwaschsauger.

➔ gehen ins Kino, um ungestört zu knutschen.

➔ lassen den durchsichtigen Flaum an ihrer Oberlippe stehen, behaupten aber, dass sie ihren Bart jeden Tag rasieren müssten.

➔ zerschießen beim Fußballspielen im Hof die Scheiben der Nachbarn.

➔ geben horrende Summen für Markenklamotten aus.

➔ bekommen zu wenig Taschengeld.

➔ weinen, wenn die Eltern das falsche Auto kaufen. Die Eltern kaufen immer total uncoole Autos (Opel, Ford).

➔ brechen sich den Arm und lassen auf dem Gips all ihre Freunde unterschreiben.

- ➔ essen so lange Kirschen, bis sie eine blaue Zunge haben und ihnen schlecht wird.
- ➔ entwickeln zusammen mit den besten Freunden eine Geheimsprache.
- ➔ bekommen beim Lügen rote Ohren.
- ➔ verbringen mehr Zeit damit, Spickzettel zu schreiben, als zu lernen.
- ➔ gehen nur noch bewaffnet in die Schule. Damit ihnen die fiese Gang, die die ganze Schule terrorisiert, nicht die Jacke »abzieht«, bezahlen sie Schutzgeld.
- ➔ kleben ihre Kaugummi unter die Schulbank.
- ➔ freuen sich riesig, wenn sie mit ihrem Freund oder ihrer Freundin halbjähriges Jubiläum feiern können.

Teenager, männliche

- ➔ haben folgende Lieblingsbücher: *Die ??? und das Geheimnis der fehlenden Socke* und *TKKG – die Jagd nach dem gelben Regenschirm*
- ➔ rauchen mit einem Freund Tee und Muskatnüsse aus Muttis Gewürzschrank und fühlen sich unheimlich stoned.
- ➔ schreiben die Hausaufgaben von den Mädchen ab.
- ➔ spielen in der Pause mit einer Kakaotüte Fußball.
- ➔ wünschen sich ein Teleskop, »um die Sterne zu beobachten«. Der Stern, den sie beobachten, ist die hübsche Nachbarstochter beim Oben-ohne-Sonnenbaden.
- ➔ ziehen einer Barbie-Puppe, die sie zufällig in die Hände kriegen, erst mal die Kleider aus.
- ➔ geben vor ihren Freunden an, sie hätten bereits Sex gehabt.
- ➔ messen mit elf Jahren ihre Penisse.

- ➔ kratzen einzelne Buchstaben von Verbotsschildern weg, bis etwa auf dem Straßenbahnfenster steht »Bitte herauslehnen«.
- ➔ onanieren die ersten Male auf Nacktbilder in der *Bravo*. Dabei träumen sie von scharfem Sex mit dem hübschesten Mädchen ihrer Jahrgangsstufe.
- ➔ schreiben mit Filzstift unleserliche Kürzel auf den U-Bahn-Sitz.
- ➔ denken jahrelang, sie wären die einzigen auf der Welt, die sich selbst befriedigen.
- ➔ klauen als Mutprobe eine Packung Zigaretten im Supermarkt, werden erwischt und heulen.
- ➔ hängen Poster von Fußballmannschaften auf.
- ➔ fragen das Doktor-Sommer-Team, ob es sein kann, dass ihr Penis schief ist.

Der erste Sex aus seiner Sicht:
»Es war absolut cool. Kaum waren ihre Eltern in die Oper gefahren, verführte ich sie zärtlich in ihrem Zimmer. Wir hatten großartigen Sex. Es dauerte ungefähr eine Stunde, und sie war begeistert.«

Teenager, weibliche

- ➔ schlagen an Horrorfilmabenden bei jeder schaurigen Stelle die Hände vors Gesicht und fragen anschließend, ob es schon vorbei sei.
- ➔ tragen bauchfreie Tops mit Spaghettiträgern, knallenge Hosen und haben ein Piercing im Bauchnabel. Dazu passend: Zahnspangen, McDonald's-Uhren und elefantenhafte Turnschuhe.

TEENAGER

- ➔ schminken sich eher undezent.
- ➔ sind wahnsinnig verknallt in den gegelten Schönling aus einer Boygroup, die gerade einen Hit gelandet hat. Die Liebe währt nur so lange, bis er aus der Hitparade verschwunden ist. Die erste wirklich große Liebe gilt einem Pony.
- ➔ haben eine beste Freundin, mit der sie alles besprechen müssen und mit der sie gluckenhaft die Nachmittage verbringen.
- ➔ freuen sich über schleimige Verse in ihrem Poesiealbum.
- ➔ verlieben sich in den Jungen, der am Lagerfeuer Gitarre spielt.
- ➔ finden ältere Jungs toll. Verlieben sich in den Schönling aus der Klasse drüber. Hungern wochenlang, um die Aufmerksamkeit des Angebeteten zu erlangen. Er merkt natürlich nichts.
- ➔ schicken ihre Freundin los, die den Freund ihres Schwarms fragen muss, ob der nicht den Schwarm fragen könne, ob er mit ihrer Freundin gehen wolle.
- ➔ haben 86 Diddl-Mäuse im Wert von 5000 Mark zu Hause herumliegen.
- ➔ haben folgende Lieblingsbücher: *Hanni und Nanni. Das kleine Pony hat Schluckauf* und *Das Internat am See und die Freistunde*.
- ➔ finden es schrecklich, dass Robbenbabys von brutalen Schlächtern nur wegen ihres Fells erschlagen werden. Treten deshalb in den Tierschutzverein ein, wo sie auch selber aktiv werden. Sie schaufeln gemeinsam mit anderen Teenagern eine große Pfütze, die mit allerhand Unkräutern zuwächst und fortan als Feuchtbiotop bezeichnet wird.
- ➔ lassen die Hausaufgaben abschreiben.

- ➔ finden Weichzeichner-Poster romantisch, auf denen zwei Models am Strand knutschen, während hinter ihnen die Sonne untergeht. Auch sehr beliebt sind James Dean im Regen und Marky Mark in Unterhose.
- ➔ verlieben sich in Boygroups. Aus Liebe werfen sie ihre BHs auf die Bühne, falls sie schon Brüste haben. Haben sie keine Brüste, schenken sie Plüschtiere.
- ➔ fragen das Doktor-Sommer-Team, ob man vom Küssen schwanger werden kann.

Der erste Sex aus ihrer Sicht:
»Es war grauenhaft. Ich wollte nicht, aber er hat mich bedrängt. Schon auf dem Sofa hat er angefangen mich zu betatschen und hat mich dann schließlich übertölpelt. Ich hatte fürchterliche Schmerzen. Nach drei Minuten hat er angefangen zu grunzen und es war Gott sei Dank vorbei.«

Telekom-Aktionäre

- ➔ hatten früher ihr gesamtes Geld auf dem Sparbuch oder unter dem Kissen liegen. Seit sie den C-Klasse-Mercedes abbezahlt haben und auch das Fertigreihenhaus komplett ihnen gehört, spekulieren sie an der Börse. Sie blättern jeden Morgen mit feuchten Händen den Wirtschaftsteil ihrer Zeitung auf, nehmen einen kräftigen Schluck Kaffee Hag und stellen mit stockendem Atem fest, dass der Kurs um 0,17 Prozent eingebrochen ist. Wobei der Telekom-Aktionär nicht mehr von Prozenten spricht, sondern nur noch von Prozentpunkten beziehungsweise von einer temporären Baisse in seinem Fonds.

Tierschützer

- tragen sehr ausgeprägt sämtliche Merkmale des → *Ökos*, des → *Vegetariers* und des → *Sozialpädagogen*.
- laufen nackt durch die Fußgängerzone, um gegen Pelzträger zu demonstrieren. Damit schaffen sie es garantiert wieder in die Zeitung, auch wenn sich sonst niemand für ihr Anliegen interessiert.
- ketten sich bei jeder Gelegenheit irgendwo an, um auf die schlimmen Zustände in Hühnerbatterien aufmerksam zu machen.
- stehen an jeder Straßenecke und quatschen, bis man auf ihrer Unterschriftenliste gegen Tierversuche unterschrieben hat, nur um endlich in Ruhe gelassen zu werden.
- leben einen Tag lang unter ihrem Tisch, damit sie sich besser in die Seele eines Huhnes einfühlen können.
- befreien Tiere aus Zuchtfarmen, die dann in der Freiheit zu Grunde gehen, weil sich niemand mehr um sie kümmert.
- können über folgenden Witz gar nicht lachen: Kommt ein Frosch, der in einem Rollstuhl sitzt, in einem französischen Feinschmeckerrestaurant an den Tisch gefahren und fragt: »Schmeckt's?«

Touristen

- fragen Einheimische, ob sie nicht mal ein Foto von ihnen machen könnten. Daheim stellt sich dann heraus, dass die einheimischen Idioten den Bildausschnitt so gewählt haben, dass sämtliche Köpfe abgeschnitten sind.
- fahren in den Urlaub und werden das Gefühl nicht los, dass sie irgendetwas vergessen haben. Kurz vor der

Autobahn drehen sie noch einmal um, weil die Gattin glaubt, sie hätte das Bügeleisen angelassen.

➔ stehen im Hochsommer mit einem Stadtplan in der Hand an der Straßenecke und fragen nach einer Sehenswürdigkeit, die man selbst nie besucht hat, obwohl man seit dreißig Jahren in der Stadt wohnt.

➔ fahren nach Afrika und erkälten sich erst mal. Haben eine Reiseapotheke dabei mit Antibiotika und steril verpackten Spritzen, dafür haben sie nichts gegen Halsweh oder Schnupfen.

➔ packen den Rucksack so, dass die Pullis und die Socken, die sie während des gesamten Urlaubs nicht brauchen, oben liegen, während alle wichtigen Sachen wie die Badehose unerreichbar am Rucksackboden versteckt bleiben.

➔ fangen jedes Mal schon vier Wochen vor dem Urlaub an, Listen zu schreiben, was unbedingt mitmuss. Aus Angst, etwas zu vergessen, packen sie alles ein, was ihnen in die Hände fällt, gleich in den Koffer. Darum ist der Koffer, egal wohin und wie lange sie fahren, immer voll. Sobald sie im Urlaub den Koffer öffnen und nur eine Kleinigkeit verändern, geht er nicht mehr zu.

➔ filmen mit der Videokamera, während die anderen Familienmitglieder völlig debilisiert Grimassen schneiden.

➔ veranstalten Dia-Abende, auf denen sie ihre mageren Urlaubserlebnisse aufwendig aufbereitet Verwandten und Nachbarn aufzwängen.

➔ haben Durchfall.

➔ sitzen im Flugzeug hinter einem kreischenden Baby, vor einem Kettenraucher und neben einem übergewichtigen Dauerschwätzer. Noch bevor sich das Flugzeug bewegt hat, klappt der Vordermann seine Sitzlehne zurück. In der

Gepäckablage ist kein Platz mehr. Während des Fluges bestellen sie Tomatensaft, obwohl sie sonst keinen Tomatensaft mögen. Als »Menü« gibt es ein kaltes Stück Fleisch in der Größe eines Zwei-Mark-Stücks, Dosengemüse und einen Strudel, der nach Chemie schmeckt. Zum Kaffee wird eine Packung Erdnüsse gereicht, die sie nur mit den Zähnen öffnen können. Während in der Business-Class eine blonde Traumfrau als Stewardess arbeitet, bedient sie die älteste Flugbegleiterin der Airline. Das *In-Flight-Magazin* ist langweilig und das Kreuzworträtsel bereits gelöst. Die interessanten Sehenswürdigkeiten sind nur von den Plätzen auf der anderen Seite aus zu sehen. Dann erfahren sie, dass der Sitznachbar die Tickets Last Minute gekauft und nur ein Zehntel des Preises bezahlt hat.

- ➔ verschicken Postkarten, auf denen romantische Sonnenuntergänge, sonnengegerbte Fischer oder farbenfrohe Pfingstprozessionen auf Eseln zu sehen sind. Dazu schreiben sie: »Mir geht es gut! Die Sonne scheint. Das Wasser ist warm. Das Essen schmeckt gut. Wie geht es Euch?«
- ➔ sind froh, wenn das Wetter zu Hause schlecht ist.
- ➔ fotografieren Häuser, Landschaften und Hunde. Eben alles, was hinterher niemanden mehr interessiert.
- ➔ bekommen Zahnschmerzen und müssen sich von einem Arzt behandeln lassen, der sich nebenbei auch noch um Teufelsaustreibung und Kühe kümmert.
- ➔ werden immer und überall beschissen.
- ➔ werden depressiv vom Anti-Malariamittel.
- ➔ leben in muffigen Hotelzimmern, in denen Bilder hängen, denen jede Beleidigung schmeichelt. Im Bettkasten liegt

eine fettige Bibel in einer Sprache, die sie nicht verstehen. Der Wasserhahn tropft. Bei der Toilette gibt es unterschiedliche Fälle: Die Spülung geht nicht oder sie läuft dauernd, die Klobrille fällt ab. Das Klopapier fehlt oder ist hart wie Schmirgelpapier. Aus der Dusche kommt nur ein kleines Rinnsal, das versiegt, sobald man Shampoo in den Haaren hat. Gekoppelt mit dem Toilettenlicht ist ein Ventilator, dessen Geräusch und Lautstärke an eine Düsenjetturbine erinnern. Die Beschwerden werden freundlich entgegengenommen, und am Abreisetag wird alles repariert.

➔ kaufen überteuerte Souvenirs, die in Hongkong hergestellt werden und weltweit einheitlich sind. Afrika- und Asienurlauber überraschen mit geschnitzten Elefanten, Italienbesucher verblüffen mit einer beleuchteten Gondel, und Amerikatouristen erstaunen mit einem Nummernschild mit Aufdruck: Highway Number 1.

➔ entdecken in der Ferne, wie schön es daheim ist.

➔ bereisen mit unbequemen Verkehrsmitteln extrem öde Landstriche und touren anschließend mit ihrem Diavortrag darüber durch Deutschlands Turnhallen. Etwa: »Barfuß über die Alpen«, »Auf dem Tretroller durch die Karpaten« oder »Mit einer Nacktschnecke durch die Serengeti«.

➔ klatschen nach der Landung des Flugzeugs Beifall.

➔ verirren sich auf den New Yorker Highways in die Bronx, wo sie den Fehler begehen, anzuhalten, das Fenster des nagelneuen Mietwagens herunterzukurbeln und höflich nach dem Weg zu fragen.

Japaner:

Der japanische Tourist kommt in einer großen Reisegruppe

und läuft einem gelben Regenschirm hinterher. In den acht Tagen Jahresurlaub bereist er elf europäische Hauptstädte, wobei er in jeder Stadt den Louis-Vuitton-Shop besucht. Er trägt Poloshirts und weiße Baseballmützen, die er als Souvenir gekauft hat. Er filmt alles mit seiner Nikon-Kamera und lächelt dabei. Abends geht er in ein bayerisches Stimmungslokal, und auf dem Höhepunkt seiner Ausgelassenheit klatscht er leise mit.

Italiener:
Sie reisen im Freundeskreis von acht bis zehn Männern und sind schon aus hundert Meter Entfernung am überlauten Sprechen und heftigen Gestikulieren zu erkennen. Sie sind sehr schick gekleidet und tragen Sonnenbrillen. Die einzige Sehenswürdigkeit, die sie interessiert, sind Frauen. Denen wird erst gnadenlos hinterhergepfiffen, dann werden sie auf Italienisch bequatscht.

Engländer:
Sie sitzen zu sechst mit freiem Oberkörper am Tisch und besaufen sich. Sie sind unterwegs, um sich Fußballspiele anzusehen und nebenbei Fußgängerzonen zu demolieren und Massenschlägereien anzuzetteln.

Amerikaner:
Der amerikanische Urlauber trägt schlecht sitzende Hawaiihosen und -hemden in einer Farbkombination, die selbst Blinde erschaudern lässt. Er fährt mit der Familie durch Europa und lässt sich überall fotografieren, damit er zu Hause damit angeben kann. Er findet alles wahlweise

»amazing« oder »great«. Er ist überrascht, dass die Europäer auch schon Waschmaschinen haben und alles so nah beieinander ist. Er ernährt sich von Fast Food oder riesigen Rib-Eye-Fleischbrocken in Asado-Steakhäusern. Abends trinkt er ein Bier und ist daraufhin so betrunken, dass er in die Fußgängerzone pinkelt.

Spanier:
Als Touristen unbekannt. Spanier verlassen ihr Land nicht.

Australier:
Mit 120 Mark im Rucksack reisen sie vier Monate lang durch Europa. Der australische Tourist ist Sportstudent im 13. Semester, hat lange verfilzte Haare und trägt ein dreckiges Batik-T-Shirt. Er ernährt sich von Brot, Bier und Haschisch, schläft auf Campingplätzen und Parkbänken. Wenn er nicht säuft, dann surft er.

Deutsche:
Mit Socken in Sandalen, Schlapphut und kurzen Hosen steht der deutsche Tourist in einer romanischen Kirche und erklärt seiner Frau, warum die Kirchen in Deutschland viel stabiler und gepflegter sind. (»Renate, das konnten die Kanaken noch nie.«) Den Rest seiner Energie verbringt er damit, sein schwer verdientes Geld vor ausländischen Diebesbanden und betrügerischen Wirten zu schützen. Allerdings gibt er sich auch unheimlich unverkrampft und tanzt selbst bei Straßenmusikanten oder Folkloreabenden enthemmt mit. Jeden Abend muss Renate die weiße Bermuda-Hose mit Rei in der Tube waschen. Ansonsten legt er Wert darauf, dass im Urlaub alles genauso ist wie

daheim: Würstl, Pils, deutsche Schlager und – am wichtigsten – die *Sportschau* per Satellit.

Trauergäste

- ➔ versuchen sich gegenseitig im Traurig-Schauen zu übertreffen.
- ➔ nicken beim Gottesdienst weg. Wenn sie wieder aufwachen, schauen sie besorgt auf die Uhr, weil sie im Halteverbot stehen.
- ➔ entschuldigen sich dafür, dass ihr schwarzer Anzug gerade in der Reinigung ist.
- ➔ vergleichen die Kränze: »Also, Renate, die Gerstenbichlers haben aber gespart.«

Türken

- ➔ tragen weiße Tennissocken.
- ➔ betreiben mit ihrer Großfamilie einen Obst- und Gemüseladen, der erst zwei Stunden nach den erlaubten Ladenöffnungszeiten schließt.
- ➔ haben einen Oberlippenbart (die Frauen erst ab einem Alter von vierzig Jahren).
- ➔ schöpfen so viel Joghurtsoße in den Döner, dass man sich jedes Mal das Hemd versaut.
- ➔ tragen das Familienvermögen in Form einer salamidicken Goldkette um den Hals. Der Rest des Goldes kommt in die Zähne.
- ➔ fahren einen uralten Mercedes mit Kirschholz-Innenraum und Duftbaum.
- ➔ leben in dieser Familie: Sohn Erkan hat Probleme mit dem

Gesetz wegen Diebstahls und Körperverletzung. Tochter Pinar ist mit zwanzig Jahren noch Jungfrau, worüber die gesamte Familie wacht. Opa Yusuf verlässt das Haus nur, um auf dem Dach die Satellitenschüssel zu justieren. Oma Aishe ist ein Hausdrache, deren Gesichtszüge einem Kampfhund ähneln. Mutter Aishe steht bei jedem Schlussverkauf ganz vorne an der Kaufhaustür, um als Erste zu den Männersocken zu gelangen. Vater Erkan arbeitet am Fließband bei Opel und ist nebenbei bei den Grauen Wölfen aktiv. Am Wochenende verkauft er auf dem Flohmarkt neuwertiges Handyzubehör.

➔ verschaffen ihrer Fußballnationalmannschaft sogar im Münchner Olympiastadion ein Heimspiel gegen Deutschland.

➔ besitzen Teppichläden, die jeden Monat Konkursverkauf machen.

V

Väter Vegetarier Verkäufer/innen
Versicherungsvertreter

Väter

- ➔ sehen unmöglich aus.
- ➔ tragen geschmacklose Klamotten.
- ➔ haben einen katastrophalen Musikgeschmack, der von Joe Cocker über Milva bis zu Volksmusik reichen kann.
- ➔ sind die schlimmsten Geburtstagskinder. Es gibt niemanden auf der Welt, für den es einem schwerer fällt, ein Geburtstagsgeschenk zu finden.
- ➔ weinen im Kino herzerweichend, wenn Bambis Mutter stirbt, während ihr Kind keine Miene verzieht.
- ➔ können die Mathe-Hausaufgaben nicht mehr lösen, sobald das Kind in die siebte Klasse kommt.
- ➔ versohlen ihrem Sohnemann den Hintern und erklären dabei: »Mir tut es mehr weh als dir.« Was nicht stimmt.
- ➔ sind froh, dass sie wegen des Kindes endlich wieder mit der Modelleisenbahn spielen dürfen.
- ➔ wollen nicht mit zum Elternabend.
- ➔ begründen ungerechte Entscheidungen mit den Worten: »Aus Prinzip.« Eine andere beliebte Variante ist: »Solange du deine Füße noch unter meinen Tisch schiebst, machst du, was ich sage.«
- ➔ finden den ersten Freund ihrer Tochter doof.
- ➔ können so viel verdienen, wie sie wollen, die Familie gibt immer alles aus.
- ➔ können nicht verstehen, dass ihr Kind so wenig von ihnen gelernt hat.
- ➔ haben ein gutes Dutzend Weisheiten und Sprüche, die sie bei jeder Gelegenheit fallen lassen. Auf Partys und Familienfesten gelten sie damit als unheimlich cool. Für Frau und Kinder ist es allerdings nur langweilig und

Ich glaube er will jetzt wieder zu dir!
S. HAAS

peinlich, weil sie jeden Spruch schon zehnmal gehört haben.

- ➔ verlassen Mutti für eine Frau, die tausendmal doofer ist.
- ➔ haben ein engeres Verhältnis zu ihren Töchtern als zu ihren Söhnen.
- ➔ gehen am Wochenende mit den Kindern in den Zoo und anschließend zu McDonald's, wollen aber unbedingt rechtzeitig zur *Sportschau* wieder zu Hause sein.
- ➔ platzen mitten in die Party ihres heranwachsenden Sohnes im Keller und beginnen, mit dem Tischstaubsauger Chipsreste aufzusaugen.
- ➔ nennen die Musik ihrer Kinder Krach.
- ➔ sind froh, wenn sich nach einigem Herumstottern und zweideutigen Anspielungen herausstellt, dass ihr Kind bereits alles über Sex weiß.
- ➔ sind beunruhigt darüber, woher ihr Kind etwas über Sex weiß.
- ➔ betonen bei jeder Gelegenheit gegenüber ihren Kindern, dass sie nur deshalb so viel arbeiten müssten, »damit ihr es einmal besser habt«.
- ➔ sind böse, dass sich ihr Kind weigert, denselben Beruf zu erlernen wie sie.

Vegetarier

- ➔ halten es für ganz normal, dass sie Lederschuhe tragen.
- ➔ werden bleich und sind stundenlang fürchterlich unglücklich, wenn versehentlich doch mal ein kleines Stück Schinken in der Gemüseterrine war. Haben anschließend über mehrere Wochen ein tiefes Schuldgefühl gegenüber dem getöteten Schwein.

➔ fragen in Restaurants, die kein vegetarisches Gericht auf der Karte haben, ob sie den Putenstreifensalat auch ohne die Putenstreifen haben könnten.

Verkäufer/innen

➔ sind perfekt an den Laden angepasst. Dies gilt für die superschicken Boutiquen-Tussis ebenso wie für fröhliche Lotto-Annahmestellen-Besitzer und unförmige Wursttheken-Verkäuferinnen. Letztere lassen es sich nicht nehmen, jedem Kleinkind eine Scheibe Fleischwurst aufzudrängen. Ihr Lieblingssatz: »Darf's ein bisschen mehr sein?«

➔ sind nicht ganz ehrlich, wenn es um die Frage geht: »Wie steht mir das neue Kleid?« Auch der letzte Kartoffelsack steht der Kundin gerne mal »ganz ausgezeichnet«.

➔ platzieren die Diebstahlsicherung an der Bluse so, dass man sie nur mühsam anprobieren und unmöglich erkennen kann, ob sie sitzt.

➔ folgen einer Unfreundlichkeitskurve, die von morgens bis abends steigt und kurz vor 20 Uhr die Nötigungsschwelle erreicht.

➔ haben keine Hemmungen, mit einer Freundin eine halbe Stunde am Telefon über den neuen Film mit Tom Cruise zu plauschen, während man vor ihnen steht und wartet.

➔ halten jeden dritten Kunden für einen Ladendieb, weil die Diebstahlsicherung so eingestellt ist, dass sie bei Herzschrittmachern, Hörgeräten und Handys Alarm schlägt.

Versicherungsvertreter

- ➔ tragen peinliche Krawatten und billige Anzüge, die knistern.
- ➔ haben folgende Lieblingssätze: »Da schnüre ich Ihnen ein ganz günstiges Paket.« – »Da würde ich lieber kein Risiko eingehen.« – »Wussten Sie etwa nicht, dass wir solche Schäden grundsätzlich nicht bezahlen? Aber das steht doch alles im Kleingedruckten.«
- ➔ fahren einen japanischen Sportwagen.
- ➔ rufen zu den ungelegensten Momenten an und lassen sich nicht abwimmeln.
- ➔ sind unerträgliche Schleimer.
- ➔ sind nur so lange freundlich, bis man den Vertrag abgeschlossen hat. Will man einen Vertrag kündigen, rufen sie wochenlang nicht zurück und sind rotzunhöflich.
- ➔ vereinbaren so lange Kündigungsfristen, dass man es jahrelang nicht schafft, die ungeliebte und nutzlose Versicherung zu kündigen.

W

Weihnachtsmänner
Werber Wessis Wikinger
Wirte Wrestler
Wunderkinder

Weihnachtsmänner

- ➔ tragen gerne Rot und neigen zu übermäßigem Bartwuchs.
- ➔ haben folgende Lieblingssätze: »Warst du auch brav?« »Kannst du ein Gedicht vortragen?« – »Jaaa, was haben wir denn da im Sack?«
- ➔ haben unsympathische Kollegen.
- ➔ reden so wie Onkel Erwin.
- ➔ haben dieselbe Figur wie Onkel Erwin.
- ➔ kommen jedes Jahr Anfang Dezember, bis auf jenes Jahr, als Onkel Erwin im Krankenhaus war.

Werber

- ➔ tragen schwarze Klamotten. Gerne mal einen Rollkragenpullover oder eine gedeckte Krawatte. Im Trend liegen Kurzhaarschnitt, auffällige Brille und der demonstrative Verzicht auf ein Handy.
- ➔ halten sich für Trendscouts, bloß weil sie auch endlich Rollerblades fahren und kubanische Musik hören.
- ➔ sind ursprünglich deutsch, sprechen und denken aber während der Arbeitszeit nur in Englisch: Alles ist XXcool, total extreme, voll easy und extra light.
- ➔ sind daran schuld, dass alles so teuer ist. Selbst in der Tütensuppe ist ihr Honorar versteckt.
- ➔ leben in Hamburg oder Düsseldorf.
- ➔ haben verrückte Lebensläufe.
- ➔ erfinden Worte wie Supersaugwegwischkraftrolle (die heißt inzwischen übrigens Superaufsaugwischkraftrolle).
- ➔ richten ihr Büro mit Designerprodukten ein, hocken auf Sitzbällen und strampeln in der Mittagspause an Fitnessgeräten.

WEIHNACHTSMÄNNER NACH DIENSTSCHLUSS

- ➔ erfinden Sachen, die es gar nicht gibt. Unserer Flora haben sie etwa folgende Pflanzensorten geschenkt, die nirgendwo wachsen: die Piemont-Kirsche, die Byzantiner Königsnüsse und die Carmagniola-Minze.
- ➔ erfinden Probleme, die vorher kein Mensch hatte (etwa das Tempo-Taschentuch, das auch für Nachnieser geeignet ist).
- ➔ arbeiten in Großraumbüros, wo sie einmal am Tag Brainstorming betreiben. (»Wisst ihr was, wir malen die Kuh einfach lila an!«)
- ➔ sind stolz, wenn sie beim Italiener zwei Cappuccini bestellen und nicht zwei Cappuccinos.
- ➔ sind schuld daran, dass Kinder in der Schule bei der Rechenaufgabe 8 mal 4 nicht 32 denken, sondern an ein Deo.
- ➔ bilden sich ein, dass es wirklich einen Unterschied zwischen zwei verschiedenen Zigaretten-, Bier-, Mineralwasser- oder Waschmittelsorten gibt.
- ➔ vertrauen Zahnarztfrauen und ihrem strahlend weißen Gebiss, obwohl die von Zahnhygiene genauso wenig Ahnung haben wie Orang-Utans von Autoreifen.
- ➔ sind Romantiker: Sie glauben an eine Welt, in der Grasflecken schon bei dreißig Grad rausgehen.
- ➔ schaffen es, dass man zu McDonald's geht, obwohl man keinen Hunger hat. Und wenn man nachher wieder rauskommt, plötzlich hungrig ist.
- ➔ träumen von Menschen, die beim Joghurtkauf nur an ihre Darmflora denken, die tierisch auf Kalorien achten und trotzdem mehrmals am Tag eine kleine Mahlzeit zwischendurch verdrücken.
- ➔ glauben, dass es die Zuschauer für authentisch halten, wenn eine perfekt geschminkte attraktive Dame von

einem Kamerateam scheinbar zufällig am Kühlregal gefragt wird, warum sie Milchschnitte kauft, und sie antwortet: »Weil ich weiß, dass in der Milchschnitte genauso viel wertvolle Ballaststoffe sind wie in sieben Bananen.«

➔ essen in ihrer Freizeit am liebsten Tapas beim Nobel-Spanier und Sushi.
➔ überlegen sich mindestens zehn Gründe, warum der neue Spot für Becks-Bier unbedingt in der Karibik gedreht werden muss.
➔ halten es immer noch für witzig, wenn in den Werbespots Telefone klingeln und alle Zuschauer panisch zu ihren Apparaten hüpfen.
➔ wohnen in einer Altbauwohnung mit Stuckdecke und knallrotem Designer-Kanapee. Die Wände sind in der Trendfarbe Mauve gepinselt, die Alessi-Klobürste kostet 180 Mark.
➔ vergleichen mit Vorliebe Äpfel mit Birnen. Etwa Kinder-Joghurts mit Steaks und Industrie-Schokoriegel mit hausgemachten Keksen.
➔ fahren mintfarbene Porsche-Oldtimer oder einen Audi-Jahreswagen in Anthrazit-Metallic.
➔ halten es für ungemein pfiffig, wenn sie grammatikalischen Mist zusammendichten wie »Deutschlands meiste Kreditkarte« oder »Das König unter den Bieren«.
➔ haben Verbrauchertelefone erfunden, bei denen man sich mit jemandem auch noch um 22 Uhr über serbische Bohnensuppe aus der Tüte unterhalten kann.
➔ haben Erwin Mustermann, wohnhaft in der Mustergasse 9 in 23456 Musterstadt, erschaffen.

- drucken Millionen von Hochglanzbroschüren, auf denen sie für umweltfreundliche Produkte werben.
- teilen die Bevölkerung in Zielgruppe und Idioten.

Wessis

- ärgern sich über den Solidaritätszuschlag für die faulen Ossis, die nur jammern und Arbeitslosengeld kassieren. Denn: »Wer arbeiten will, der findet auch Arbeit.«
- lassen das Silberbesteck im Schrank, wenn Besuch aus dem Osten kommt.
- können nicht verstehen, warum die Ossis nicht schon viel früher gegen die menschenverachtende DDR-Diktatur aufgemuckt haben.
- können nicht glauben, dass die kommunistischen Ossis Weihnachten gefeiert haben.
- fragen die Ossis vorwurfsvoll, warum bei ihnen alle Häuser so grau waren: »Farbe werdet ihr ja wohl gehabt haben.« Eben nicht!
- wittern in jedem Ossi einen ehemaligen Stasispitzel.
- fänden es total okay, wenn Hansa Rostock und Energie Cottbus aus der ersten Bundesliga absteigen. Die Provinznester Unterhaching oder Freiburg finden sie kultig.
- waren noch nie im Osten, wissen aber genau, wie es dort zugeht.
- fragen sich, warum man den Ossis das Wahlrecht gegeben hat, wenn sie sowieso falsch, nämlich PDS und Republikaner, wählen.
- kriegen die besseren Jobs als die Ossis, weil sie sich besser verkaufen können.

Wikinger

➔ tragen Eisbärfelle und Helme mit Hörnern.
➔ reiben sich die Nase, wenn sie eine gute Idee haben.
➔ verbringen ihr Leben hauptsächlich mit Erobern, Brandschatzen und Eisbärjagd, weil sie zu Hause von ihrer tyrannischen Frau unterdrückt werden.

Wirte

➔ beschriften die Toiletten so eigenartig, dass man nicht weiß, welche Tür in die Männer- und welche in die Frauentoilette führt.
➔ verstecken auf ihrer Tageskarte mindestens sieben Rechtschreibfehler für aufmerksame Leser.
➔ verlangen für eine Apfelschorle fünf Mark, die im Einkauf 23 Pfennig kostet.
➔ sind dafür verantwortlich, dass auf der Toilette immer die Papierhandtücher aus sind, das Pissoir überläuft und die besten Klosprüche regelmäßig weggewischt werden.
➔ hängen in der Kneipe Stückchen von Holzstämmen auf, die sie unheimlich rustikal finden und auf denen lustige Sprüche stehen wie: »Kannst du nicht blechen, darfst du nicht zechen.«
➔ würden am liebsten das Wetter abschaffen. Sie stöhnen über die Kälte, weil dann niemand aus dem Haus geht, um im Restaurant zu essen. Sie stöhnen über die Hitze, weil die Leute dann den ganzen Tag am Badesee liegen.

Wrestler

➔ sind entweder gut oder böse. Während des Kampfes

WIRTE BESCHRIFTEN IHRE TOILETTENTÜREN DERARTIG ALBERN, DASS NIEMAND MEHR WEISS, WO ER HINGEHÖRT.

schlägt der böse Wrestler den guten Wrestler heimtückisch unter die Gürtellinie. Der gute Wrestler bricht zusammen. Daraufhin diskutiert der Ringrichter mit dem bösen Wrestler, dass er so etwas nicht machen dürfe. Während der Schiedsrichter diskutiert, wendet er dem am Boden liegenden guten Wrestler den Rücken zu. Ein fieser Freund des bösen Wrestlers nutzt diese Gelegenheit, um mit einem Stuhl auf den guten Wrestler einzuschlagen. Nach der Diskussion mit dem Schiedsrichter haut der böse Wrestler den guten Wrestler zuerst gleich noch einmal unter die Gürtellinie. Dann schleudert er den fast toten guten Wrestler gegen die elastischen Seile des Rings, um ihn endgültig auszuknocken. Wenn der böse Wrestler zuschlagen will, kann sich der gute Wrestler gerade noch so wegducken und den bösen Wrestler umhauen. Mit letzter Kraft schleppt sich der gute Wrestler schließlich auf die Seile, um von dort oben auf den bösen Wrestler herunterzukrachen und den aussichtslosen Kampf doch noch zu gewinnen.

Wunderkinder

➔ haben dicke Brillen und Topf-Frisuren.
➔ lernen mit vier Jahren eine Fremdsprache, kennen mit acht Jahren sämtliche Algorithmen, machen mit 16 Jahren ihr Abitur, haben aber mit 23 Jahren immer noch niemanden geküsst.
➔ haben in der Schule schlechte Noten, weil sie unterfordert sind.
➔ werden von ihren Eltern zu nichts gezwungen. Ohne zu maulen, stehen sie jeden Morgen auf, üben bereits vor der

Schule zwei Stunden Klavier, setzen sich nach der Schule noch mal zehn Stunden ans Klavier und sind nie müde, sondern haben immer Spaß.

Y

Yuppies

Yuppies

- → tragen einen trendigen Kurzhaarschnitt, einen hochwertigen Anzug und geputzte Schuhe. Yuppies untereinander sind nur von ihren Eltern zu unterscheiden.
- → sind von Beruf Broker oder Erbe.
- → lieben Sportautos, Designermöbel und magersüchtige Frauen.
- → geben auf einer Party mit Geschäftspartnern die Verlobung mit ihrer Freundin bekannt, ohne diese vorher gefragt zu haben.
- → trinken handgeschöpftes französisches Quellwasser für acht Mark die Flasche.
- → fliegen zum Winterschlussverkauf nach New York. Wenn sie wieder daheim sind, erzählen sie jedem, dass sie allein mit dem Kauf eines reduzierten Armani-Anzugs den Flug schon wieder drin gehabt haben. Die Lebensqualität eines Yuppies bemisst sich in Kilometern auf der Frequent-Flyer-Card.
- → gucken den Einparker vor ihrem Stammcasino erst mal von oben bis unten skeptisch an, ob er ihren Porsche auch wirklich einparken kann, ohne ihn schmutzig zu machen.
- → besorgen sich von ihrem Hausarzt Atteste für die Musterung. Wenn sie doch des Simulierens überführt werden, schaffen sie es, ihren Zivildienst bei der UNO in New York abzuleisten.
- → haben in der Wohnzimmerecke ein Saxofon stehen, auf dem sie nicht spielen können.

Z

Zahnärzte Zauberer Zeitreisende
Zeugen Jehovas
Zivildienstleistende Zöllner
Zuhälter

Zahnärzte

- ➔ machen grauenhafte Geräusche mit ihrem Bohrer.
- ➔ haben Karies-Tabletten, bei denen immer sämtliche Zähne rot werden.
- ➔ finden Amalgam plötzlich ganz schlimm. Aber nicht etwa, weil Amalgam gefährlich ist, sondern weil sie 500 Mark pro Kunststoffplombe kassieren.
- ➔ haben gierige Augen. Zahnärzte sind die einzigen Menschen, denen man ungestört tief in die Augen blicken kann.
- ➔ haben ein vollautomatisches Wasserbecher-Einschenkgerät neben dem Behandlungsstuhl.

Zauberer

- ➔ haben strahlend weiße Zähne, lange gepflegte Haare, blaue Augen und einen ausgelutschten Charme, der Frauen unerklärlicherweise imponiert.
- ➔ haben eine Assistentin, die zwar nur radebrechend deutsch spricht, dafür aber riesige Brüste unter ihrem Paillettendekolleté verbirgt. Damit lenkt sie die Männer ab, während der Zauberer die Tauben in den Hut stopft. Die Frauen braucht sie nicht abzulenken, da sie dem Zauberer verliebt in die Augen starren. Die Assistentin wird vom Zauberer gerne unzutreffenderweise als Jungfrau bezeichnet.
- ➔ führen seit Jahrtausenden vor, wie sie eine Frau zersägen. Damit erfüllen sie einen Menschheitstraum der Männer.
- ➔ haben für den Notfall einen Hasen im Hut.
- ➔ müssen mit Zauberauftritten ihr Geld verdienen, obwohl sie Leuten Geld hinter den Ohren hervorziehen können.

FÜR DIE ZERSÄGENUMMER BENÖTIGE ICH NOCH EINE FREIWILLIGE AUS DEM PUBLIKUM.
NEHMEN SIE MEINE!
ZERSÄGEN, AU, JA!
RENATE, DAS WÄRE DOCH WAS FÜR DICH!

ZAUBERER …

Zeitreisende

➔ reisen in die Zukunft und schreiben sich als Erstes die Lottozahlen auf.
➔ zerstören ihre Zeitreisemaschine, nachdem sie gemerkt haben, dass alles, was sie anpacken, in einer Katastrophe endet.

Zeugen Jehovas

➔ sind die Staubsaugervertreter Gottes.
➔ klingeln zu den ungelegensten Zeiten und fragen, ob man nicht mal über Gott sprechen möchte. Dieses Gespräch lässt sich nur beenden, indem man die Tür zuwirft. Weniger Willensstarke müssen sich stundenlang mit weinerlichem Ton vorgetragene Horrorszenarien anhören.
➔ legen billig kopierte Heftchen in den Briefkasten, wenn man glücklicherweise nicht zu Hause war. Darin werden in Kindergartensprache absurde Fegefeuer-Phantasien ausgebreitet.
➔ sind zumeist Rentner, die permanent ein seliges Lächeln an den Tag legen, wie man es nur von Erleuchteten und Schwachköpfen kennt.
➔ stehen mit ihrem *Erwachet!*-Heftchen auf der Straße herum und sind beliebtes Opfer von Teenagern und ihren Stinkbomben. Der wahre Zeuge Jehovas bleibt ungerührt stehen.

Zivildienstleistende

➔ sind verweichlichte, linksradikale Abiturienten, die keine zwei Liegestütze schaffen und Angst davor haben, mit anderen Männern in einem Raum zu duschen.

- ➔ müssen ein Jahr lang ungnädigen und debilen Rentnern den Hintern abwischen.
- ➔ schreiben in ihre Verweigerung, dass sie im Alter von acht Jahren miterleben mussten, wie ihr Hamster Erwin gestorben ist, und dass sie deshalb seither nichts mehr mit Gewalt zu tun haben wollen.
- ➔ machen Zivildienst, weil sie sich sozial engagieren wollen. Nach dem Zivildienst sind sie geläutert, wählen die FDP und studieren BWL.
- ➔ heizen mit 160 Kilometer pro Stunde durch die Innenstadt. Rechtfertigen das damit, dass sie sich Sanitäter nennen, weil hin und wieder ein schwer Verletzter mitfahren darf.
- ➔ versuchen sich ausmustern zu lassen. Vor der Musterung sammeln sie jahrelang Atteste, essen und schlafen tagelang nicht und täuschen Depressionen vor. Beim Fitnesstest kippen sie nach einer Minute vom Rad. Anschließend erfahren sie, dass sie für den Zivildienst perfekt geeignet sind.
- ➔ sollten neben den alten Omas auch mal sich selber waschen.

Zöllner

- ➔ gehören zur großen, unsympathischen Familie der Schnurrbartträger.
- ➔ sind hinterfotzige Gestalten.
- ➔ schauen einen so böse an, dass man sich plötzlich als Verbrecher fühlt und ein schlechtes Gewissen bekommt.

- winken einen jahrelang immer durch, bis man mal den Ausweis vergessen hat.
- räumen in drei Minuten den Wagen aus, den man in vier Stunden langer Detailarbeit eingeräumt hat. Einräumen darf man dann freilich wieder alleine.
- verstehen keinen Spaß. Wer auf die Frage: »Haben Sie etwas zu verzollen?« antwortet: »Nur ein paar Kilo Koks«, kann sich zur Leibesvisitation schon mal freimachen.
- legen die Familie in Handschellen und schrauben das gesamte Auto auseinander, weil der Drogenhund anschlägt. Sind schließlich sämtliche Koffer ausgeräumt und die Sitze ausgebaut, entdecken die Zollbeamten und ihr hungriger Hund einen alten Hundekuchen zwischen den Sitzen.
- kontrollieren schlecht riechende und ungekämmte Hippies, die noch Grasreste in der Tasche haben. Die Großdealer im Mercedes CLK kontrollieren sie nicht.
- werden von der Europäischen Union dahingerafft.

Zuhälter

- tragen Dauerwelle, Cowboystiefel, Bomberjacke und Jogginghose. Bei ganz wichtigen Anlässen tragen sie ihr rotes Sakko zu den Cowboystiefeln.
- heißen Neger-Kalle, Narben-Willi oder Messer-Charly.
- gehen seit ihrem elften Geburtstag ins Fitnessstudio und beherrschen acht unterschiedliche Kampfsportarten, vertrauen aber trotzdem am liebsten auf Messer und Schlagring.
- haben einen Pitbullterrier, von dem sie behaupten, er sei sehr kinderlieb und friedlich. Nur beim Nachbarjungen

hatte Hasso einen schlechten Tag. Aber die Hand konnte man schließlich wieder annähen. Und der Postbote war nun wirklich ein aggressiver Eindringling, da kann man Hasso keinen Vorwurf machen. Für die tausend Mark Schmerzensgeld wegen der zerfetzten Wade müssen die Mädels eben eine Extra-Schicht einlegen. Ist ja schließlich auch ihr Hund.

➔ bestechen Boxer dafür, dass sie sich in der dritten Runde auf die Bretter legen.

➔ sind manchmal etwas unausgeglichen. Wer ihnen an schlechten Tagen zu nahe kommt, wird grundlos umgehauen.

➔ lieben Sportarten, bei denen Blut fließt. Neben Kickboxen vor allem illegale Hunde- und Hahnenkämpfe.

➔ sind stolz auf ihren Ehrenkodex, in dem zum Beispiel steht, dass man nicht nach jemandem tritt, der am Boden liegt.

➔ sterben beim Bandenkrieg auf dem Kiez, weil dem Albaner, der jetzt die Macht übernimmt, der alte Ehrenkodex schnurzwurst ist.

Piet Klocke

i.A. Prof. Schmitt-Hindemith

»Das geht alles von Ihrer Zeit ab!«

»Der Metaphysiker der deutschen Spaßkultur«

FAZ

Piet K., Comedystar der Jahrtausendwende, hat es einfach nicht geschafft, dieses Buch zu schreiben. Sein Nachbar, Prof. Schmitt-Hindemith von der Thannhäuser Universität, hat sich deshalb freundlicherweise als Autor zur Verfügung gestellt.
Der Universalgelehrte entführt Sie auf eine Reise in die rätselhafte Welt der großen Zusammenhänge ...
Bernd Pfarr hat Piet Klockes abbruchreifes Sprechen kongenial illustriert.

»Klockes Wort- und Wortauslassungsartistik entfaltet sich wunderbar in seinem Buch ... er hat nie das letzte Wort, aber oft die beste Erklärung fürs Scheitern am Da- und Sosein.«

Süddeutsche Zeitung

»Aber machen Sie sich keine Sorgen, ich frag' das nicht ab.«

Knaur

Jürgen Sprenzinger
Wolfgang Schlingen

Mein lieber Herr Nachbar!

»Ein Gartenzaun ist oftmals gut, weil er die Menschen trennen tut.«

Einen netten Eindruck macht er ja, der neue Nachbar. Doch dann platzt erst der Gartenschlauch, und drauf des Nachbars Kragen. Eine erbitterte Brieffehde jagt durch alle Höhen und Tiefen von Witz und Aberwitz.
Nach Sehr geehrter Herr Maggi und Lieber Meister Proper legt der ungeschlagene Meister im Komische-Briefe-Schreiben, Jürgen Sprenzinger, endlich Band 3 seiner Enzyklopädie des ganz normalen Wahnsinns vor.

»Geh mir aus der Sonne, sonst durchsieb ich deine Regentonne!«

Whoopi Goldberg

Ziemlich Whoopi

Das Buch

240 Seiten
ISBN 3-426-77387-2

Ein Buch mit ebensoviel Witz und Power wie die Filme, mit denen Whoopi Goldberg berühmt wurde: Ghost – Nachricht von Sam, Sister Act, Die Farbe Lila. In den Hauptrollen: Whoopi Goldberg als alleinerziehende Mutter. Ihre Tochter. Der Präsident der Vereinigten Staaten. Männer. Das Schicksal. Die Liebe. Sex. Vertrauen und, nun ja, Blähungen. Mal ernst bis nachdenklich, mal komisch bis satirisch erzählt der Filmstar, was das Leben so schön und das Zusammenleben so schwer macht. Komödiantisch, weise, engagiert – kurz: Ziemlich Whoopi.